Psicología
DEL PERRO

AMOR, FIDELIDAD Y LEALTAD EN EL ADIESTRAMIENTO DE PERROS

GABRIEL MONTENEGRO

DEDICATORIA

A todos los amantes de los perros, este libro es para ustedes. Para aquellos que han amado, cuidado y honrado a estos seres maravillosos. Para aquellos que han llorado al perder a un amigo peludo, y para aquellos que han sonreído con alegría al recibir a uno nuevo. Este libro es un homenaje a esa amistad única y especial entre un ser humano y un perro.

A mi perro fiel, que me acompañó durante toda mi vida y me enseñó todo lo que sé sobre el amor, la lealtad y la fidelidad. Te debo todo lo que he aprendido. Este libro es para ti, mi mejor amigo.

A aquellos que han perdido a un perro, les dedico este libro con amor y comprensión. Sé lo difícil que puede ser despedirse de un amigo peludo, pero su amor y su legado vivirán siempre en nuestros corazones.

Y a todos los perros, mi gratitud eterna por enseñarnos lo que significa ser verdaderamente amado.
Con Amor,

GABRIEL MONTENEGRO

CONTENIDO

INTRODUCCIÓN

"PSICOLOGIA DEL PERRO" es un libro escrito basado en un pilar fundamental y es el amor hacia los perros, a lo largo de estas páginas, te contare temas como la historia de la domesticación del perro, la importancia de la raza y la elección del perro adecuado para cada persona, la salud y el cuidado del perro, la educación y el adiestramiento, así como también la relación entre el perro y nosotros los humanos.

El amor de un amo por su perro es algo profundo y verdadero, una verdadera conexión entre dos seres. Un perro no es solo un juguete o un objeto, sino un compañero fiel que estará a tu lado por muchos años. Por eso, es importante ser consciente de que ese perro depende completamente de ti, y necesita de tu tiempo, amor y, sobre todo, de tus cuidados. Al cuidar de tu perro, le brindas seguridad y confianza, y te aseguras de que está saludable y feliz. Ser el amo de un perro es una gran responsabilidad, pero también una gran bendición, y cuando lo haces con amor y dedicación, puedes estar seguro de que tu perro será tu compañero leal y fiel para siempre

El amor hacia los animales, la alegría y la empatía son valores inigualables. Compartir tu vida con un animal de compañía es enriquecedor y te brinda una serie de recompensas inestimables, asi como la relación que se establece con un perro o gato es bidireccional y a menudo subestimada. El amor por los animales es tan poderoso que, con el tiempo, se convierten en un miembro más de la familia y forman un vínculo incondicional que perdura para siempre.

A lo largo de los años, he acumulado información valiosa para cualquier persona que comparta este sentimiento y esté interesada en conocer más acerca de estos animales maravillosos, desde los dueños de perros de toda la vida hasta aquellos que están pensando en adoptar un perro por primera vez. Con una combinación de investigación científica y experiencias personales, quiero ofrecerte una visión completa sobre el mundo de los perros. ¡Bienvenido a un mundo de amor y lealtad, donde el vínculo entre un hombre y su perro es el protagonista!

Los perros son expertos en leer nuestras emociones y saben cómo consolarnos en los momentos difíciles. Son verdaderos amigos que nunca nos juzgarán y siempre estarán a nuestro lado, incondicionalmente. En mi opinión, tener un perro en tu vida es un regalo que no tiene precio. No solo te brindan compañía, sino que también te enseñan valores importantes como la lealtad, el amor y la empatía. En resumen, tener un perro es una de las mejores decisiones que puedes tomar y te aseguro que nunca te arrepentirás.

El buen trato y el amor son aspectos vitales en el cuidado de un perro. podemos verlo como una forma de agradecer a nuestro amigo peludo, aunque en realidad, ellos no sean conscientes de que les estamos agradeciendo algo. además, dedicar tiempo a satisfacer sus necesidades, como dar paseos, jugar con ellos y brindarles una buena educación, también es una forma de agradecer a tu perro. la educación es esencial, ya que nuestros amigos peludos a veces tienen comportamientos que pueden causar problemas a largo plazo, como peleas con otros perros, ser considerados peligrosos por tus vecinos, correr sin control hacia la calle y poner su vida en peligro, entre otros.

Nuestros perros no tienen conocimiento natural sobre cómo comportarse para tener una vida plena y segura. como dueño amoroso, es nuestra responsabilidad proporcionarles una buena educación para evitar problemas y peligros en su vida. de esta manera, podemos mostrarles nuestro agradecimiento y asegurarnos de que tengan una vida feliz y saludable.

Desde mi experiencia de convivencia con perros, puedo decir que estos animales son verdaderamente especiales. No solo son compañeros leales y cariñosos, sino que también tienen una habilidad única para hacernos sentir amados y apreciados incondicionalmente. Como dueño de un perro, aprendes rápidamente que tener una relación con ellos requiere de tiempo, paciencia y dedicación. Pero también aprendes que todo el esfuerzo que pones en ellos es recompensado con creces por la alegría, la risa y el amor incondicional que recibes a cambio.

En este libro, exploraremos la relación única y profunda que existe entre ellos, y cómo el amor incondicional de un perro puede transformar la vida de un ser humano. Desde los paseos juntos por el parque hasta los momentos de consuelo en los tiempos difíciles, estos párrafos celebran el amor eterno entre un hombre y su compañero canino, a la creación de un vínculo fuerte y sincero que perdura a lo largo del tiempo, y nos emocionaremos con las aventuras y desafíos que surgen a lo largo del camino. ¡Acompáñanos en este viaje lleno de amor y alegría, donde el amor del hombre hacia su amigo de cuatro patas es el tema principal!

LA HISTORIA DE LOS PERROS: DESDE SUS ORÍGENES HASTA HOY

Desde los albores de la humanidad, los perros han estado a nuestro lado como compañeros leales y fieles. A lo largo de los siglos, estos animales han evolucionado junto a nosotros y han desempeñado un papel fundamental en nuestras vidas. Desde su uso como guardas y perros de caza hasta su papel actual como compañeros de hogar y amigos de la familia, la historia de los perros es un relato inspirador de devoción, amor y lealtad.

¿Cuál es la pregunta más simple? ¿Cuál fue el primer animal domesticado por el ser humano? La respuesta es un cazador sin hogar fijo, al igual que él. Un animal de granja ideal debe tener varias características, como compartir intereses y ser social. Sin embargo, solo los lobos, chacales y sus parientes cumplen con estos requisitos. Es difícil encontrar animales de "granja" porque no existen. Las tribus humanas solían moverse por el territorio, recolectar plantas y cazar animales, y establecerse en cuevas o campamentos temporales. Los antepasados de los perros evolucionaron para obtener seguridad y alimento al unirse a grandes manadas.

La alianza con las personas les brindó una mayor seguridad mientras dormían y les permitió sobrevivir en situaciones difíciles. Es importante tener en cuenta que esta relación no siempre ha sido amorosa, y ha habido momentos en los que los humanos han explotado a los perros para sus propios intereses.

Desde los primeros días de la humanidad, los perros han sido compañeros constantes y leales de los humanos. Se cree que la domesticación de los perros comenzó hace más de 30,000 años, cuando los lobos salvajes comenzaron a acercarse a los asentamientos humanos en busca de comida. Con el tiempo, los humanos y los lobos se desarrollaron un vínculo mutuo y los lobos comenzaron a evolucionar para convertirse en los perros domésticos que conocemos hoy en día.

A lo largo de los siglos, los humanos han seleccionado a los perros con características específicas para criarlos con propósitos específicos. Los perros se han utilizado para cazar, proteger el ganado y las propiedades, así como para mantener la compañía y brindar afecto. Esta selección selectiva ha llevado a la creación de diferentes razas de perros con características únicas y ha dado lugar a la diversidad de formas, tamaños y personalidades que existen hoy en día.

A medida que la sociedad humana ha evolucionado, también ha evolucionado la relación entre los humanos y los perros. Hoy en día, los perros son vistos como miembros de la familia y se les brinda un trato especial y afectuoso. Los perros también desempeñan un papel importante en la vida de las personas, brindando compañía, ayuda y apoyo a aquellos que lo necesitan. En resumen, la historia de los perros es una historia de evolución y adaptación constante, y su relación con los humanos sigue siendo una de las más antiguas y profundas en la historia de la humanidad.

Tambien quiero contarles sobre los perros y su presencia a lo largo de la historia, desde tiempos antiguos, los perros han sido considerados como compañeros fieles y han tenido un papel importante en muchas culturas diferentes. Además, a lo largo del tiempo, los perros han desempeñado diferentes funciones, desde pastoreo hasta protección y ayuda en labores domésticas. Les proporcionaré información interesante sobre cómo los perros han evolucionado y cómo han sido utilizados en diferentes culturas y épocas.

Perros Terapéuticos: Desde el siglo XVI, los Médicos Reales de Inglaterra han recomendado el contacto con perros como tratamiento para personas enfermas. Sin embargo, los primeros informes sobre perros terapéuticos específicamente entrenados no surgieron hasta 1792. Este informe se llevó a cabo en un asilo para ancianos en el Reino Unido, donde se utilizaron perros como terapeutas y tuvieron un gran éxito para ayudar a calmar a los pacientes y fomentar la expresión de sus sentimientos y pensamientos.

Escena de Arte Rupestre: Antes de la invención de la escritura, los humanos expresaban sus historias y vivencias a través de pinturas y esculturas en la roca. Uno de los ejemplos más antiguos de esta forma de arte es un grupo de petroglifos de Shuwaymis, en el noroeste de Arabia Saudita, con una antigüedad de aproximadamente 8.000 años. Los petroglifos muestran a grupos de humanos cazando animales junto a perros, incluyendo una escena en la que humanos rodean y atacan a un animal sagrado. Además, algunos de los petroglifos también muestran a perros sujetos con correas.

La Fundación Mítica de Roma: El mito de la fundación de Roma comienza con el héroe troyano Eneas, hijo de Venus, el dios romano del amor. Eneas viajó miles de kilómetros hasta la península itálica, donde su hijo fundó el Nuevo Reino de Roma.

Rómulo y Remo eran los hermanos gemelos del hijo de Eneas y tenían derecho a reclamar el trono. Para evitar esto, su tío, el rey Amurión, los abandonó en un cesto en el río Tíber, donde fueron rescatados por una loba amable y compasiva llamada Luperca. Ella los crió como si fueran sus propios cachorros, lo que permitió al poderoso Imperio Romano ser salvado de un posible reinado siniestro.

Perros Guía: Después de la Primera Guerra Mundial, muchos soldados quedaron completamente ciegos debido al gas venenoso utilizado en la guerra. Es entonces cuando el médico alemán, Dr. Gerhard, tuvo la idea de entrenar perros para ayudar a estos soldados en momentos de emergencia. La inspiración le vino después de ver a un paciente ciego y su perro en una situación de emergencia. Al regresar, se dio cuenta de que el perro nunca se había alejado del paciente y que había sido cuidadoso de no tropezar. El Dr. Stallings evaluó los mejores métodos para entrenar perros para que fueran compañeros confiables, y en agosto de 1916 abrió la primera escuela de perros guía para ciegos en Oldenburg, Alemania.

Estos son solo algunos ejemplos de cómo los perros han marcado momentos importantes en la historia humana, desde la exploración del espacio hasta momentos de crisis emocional.

Perros militares: Uno de los perros militares más famosos de la historia es Stubby, el primer perro militar de los Estados Unidos. Este animal, que fue el más condecorado de la Primera Guerra Mundial, fue adoptado y entrenado por un soldado después de ser encontrado en Yale. Cuando los soldados estaban listos para partir, esconderon a Stubby en el barco, pero fueron descubiertos y los soldados a cargo, al ver que estaba bien entrenado, decidieron acogerlo. Stubby fue enviado a la guerra en Francia en 1918, y su ladrido constante fue el primer indicio de la presencia de armas químicas.

También sirvió como perro de rescate, buscando a los heridos en la batalla, e incluso se cree que capturó a un espía alemán. Stubby es un recordado héroe militar que demuestra el valioso papel que los perros militares desempeñan en tiempos de guerra.

En la *mitología griega*, el perro tenía un origen divino. Hefesto, el dios de la artesanía, es creditado con la creación de la imagen de los perros, lo que les otorgaba un estatus elevado en comparación con otros animales. Cerberus, un perro de tres cabezas, guardaba la entrada al Inframundo de Aqueronte y evitaba que los vivos ingresaran y los muertos salieran. Además, en la Odisea de Homero, Ulises caza junto a sus leales compañeros en las colinas verdes de Ítaca y, después de años de viaje, es el primero en reconocer a su gente.

En el ***antiguo Imperio Egipcio***, se aprecian los perros desde hace siglos, como lo demuestran sus pinturas, murales y elementos decorativos. Estos animales eran altamente valorados por su versatilidad, ya que se utilizaban en tareas como pastoreo, caza y vigilancia. Además, cuando alguien fallecía, sus perros eran embalsamados y enterrados junto a ellos en cementerios, demostrando la importancia que tenían en la vida cotidiana. La figura de Anubis, el dios de los muertos encargado del entierro y el embalsamamiento, es representada con una cabeza de perro, resaltando la importancia de estos animales en la cultura egipcia.

En la ***antigua Roma***, los perros desempeñaban un papel importante como protectores y guerreros. Se conocían por su tamaño y fortaleza, con orejas cortas y dientes afilados. Por primera vez en la historia, se les llamó "perros de compañía" y se les honraba en las casas con mosaicos que los representaban y una inscripción "Cave Canem", que significa "ten cuidado con los perros". Además de guardar rebaños y hogares, los perros también participaban en batallas y misiones militares armados con herramientas específicas.

En la ***cultura Azteca,*** Xolotl era un dios de gran importancia. Conocido por su singular apariencia de cabeza de perro, Xolotl tenía un papel fundamental en el ciclo de la vida y la muerte. Como responsable del nacimiento y alimentación de los humanos, Xolotl jugaba un papel importante en la crianza y protección de la humanidad. Además, era considerado el encargado de la restauración de los huesos de los difuntos al Inframundo, asegurándose de que sus almas descansaran en paz en el más allá. Con su papel en la vida y muerte, Xolotl ocupa un lugar importante en la mitología Azteca y es adorado por muchos hasta el día de hoy.

En la *Edad Media*, las antiguas creencias sagradas y las leyendas acerca de los perros fueron disipándose, y se empezó a valorar solo sus características útiles. Como resultado, los reyes y nobles mantenían a los perros como compañeros de caza y animales domésticos. Los perros de caza eran especialmente apreciados y se les entrenaba para ser expertos en la búsqueda y captura de presas. Además, también se les usaba para proteger las propiedades y hogares de sus dueños, lo que demuestra su importancia y valor en aquella época. A pesar de esto, los perros eran vistos como animales inferiores y no gozaban del mismo estatus que los caballos o otros animales domésticos, pero aún así, se les trataba con cuidado y se les brindaba un lugar en la corte y en la sociedad.

En la **Edad Media,** la percepción de los perros cambió a medida que se abandonaron las creencias sagradas y las leyendas asociadas a ellos. Se les valoró más por sus virtudes útiles, y reyes y nobles comenzaron a tenerlos como compañeros de caza y mascota. Los tratados y dibujos veterinarios de la época reflejan esta relación íntima, y el perro se convirtió en un elemento importante en las casas nobles, especialmente para las damas y los niños, quienes adornaban a sus mascotas con ropa y joyas elegantes.

Sin embargo, con la llegada de la conquista, los perros también se convirtieron en instrumentos de terror y castigo para los nativos del Nuevo Mundo. Pero a pesar de todo, no podemos negar que los perros han sido una presencia constante en la historia humana y que han desempeñado un papel crucial en la formación de nuestra sociedad.

Hoy en día, valoramos aún más a estos amigos peludos que han sido parte de nuestra familia durante tanto tiempo. Les dedicamos cuidado y atención, y les damos la gratitud que merecen por ser siempre fieles compañeros. Gracias a nuestros antepasados por amarlos y por mantener viva esta tradición hasta nuestros días.

UN LAZO PARA TODA LA VIDA: CÓMO LA SOCIALIZACIÓN TEMPRANA MOLDEA EL FUTURO DE TU PERRO.

No hay nada que mas disfrutaras con tu amiguito que compartir y vivir con el plenamente su etapa de cachorro, pues es cuando su nivel de ternura esta al 100%, pero ojo… es demasiado importante que en esta etapa como buen amo entiendas la responsabilidad de enseñarlo y guiarlo hacia una socialización con todo su entorno cotidiano; ya que es esencial para su desarrollo y bienestar a lo largo de su vida; durante los primeros meses de vida, los perros están en una etapa crítica de aprendizaje, en la que pueden absorber una gran cantidad de información y establecer patrones de comportamiento que los acompañarán a lo largo de su vida.

La socialización temprana les permite desarrollar habilidades sociales, confianza y adaptabilidad, lo que les ayudará a enfrentar situaciones nuevas y desconocidas con menos estrés y miedo. La socialización temprana de cachorros es un período crítico y decisivo en su desarrollo social, comenzando a las tres semanas de edad y continuando hasta las doce semanas, este proceso fundamental moldea cómo el perro interactúa con su entorno, incluyendo a otros perros y especies.

Durante este tiempo, los cachorros aprenden a aceptar y comportarse adecuadamente con otros, lo que es fundamental para garantizar que se conviertan en perros adultos equilibrados, sociables y bien adaptados. Es importante actuar de manera oportuna y efectiva durante este período limitado para asegurar el bienestar y la felicidad a largo plazo de tu perro.

Sin embargo, si un perro no recibe una socialización adecuada durante esta etapa, puede desarrollar problemas de comportamiento y ser más propenso a la ansiedad y el miedo.

Por lo tanto, es crucial que los dueños de perros proporcionen un ambiente seguro y rico en experiencias para ayudar a su perro a desarrollar su potencial completo. Si estás pensando en adoptar o ya tienes un cachorro en casa, es importante que sepas que la socialización temprana es clave para su desarrollo y bienestar. Durante los primeros meses de vida, los perros están en una etapa crítica de aprendizaje, en la que pueden absorber una gran cantidad de información y establecer patrones de comportamiento que los acompañarán a lo largo de su vida.

Por eso, te recomendamos que desde los tres meses de edad, proporciones a tu perro un ambiente seguro y rico en experiencias para ayudarlo a desarrollar su potencial completo. Esto incluye exponerlo a diferentes personas, animales, sonidos, texturas, entornos, etc. de esta manera podrás prevenir problemas de comportamiento que pueden surgir en la edad adulta, como el miedo, la inseguridad o la agresividad, es importante tener en cuenta que aunque el perro esté socializado, la genética también juega un papel importante.

Sin embargo, al proporcionar un ambiente adecuado de socialización, estarás ayudando a tu perro a desarrollar su potencial completo y a tener una vida más plena y feliz.

Si privamos a un cachorro del contacto con las personas durante las primeras 14 semanas de vida, es probable que el perro tenga dificultades para tolerar la interacción humana en el futuro. Esto se puede manifestar en comportamientos evasivos o temor en situaciones que no pueden evitar. Por otro lado, si privamos al cachorro del contacto con otros perros durante el mismo período, es probable que el perro tenga problemas graves en su comportamiento social y sexual.

Por lo tanto, es fundamental consultar a un veterinario para evaluar la situación del cachorro y su entorno, los expertos en comportamiento animal recomiendan mezclar a un cachorro con otros perros vacunados o con sus hermanos para evitar problemas de socialización. Además, es importante exponer al cachorro a diferentes personas, objetos y ruidos fuertes desde una edad temprana.

Ten en cuenta que la audición de un cachorro es aproximadamente cuatro veces más sensible que la de un humano, por lo que es fundamental acostumbrarlo a estímulos que pueden resultar intimidantes en un futuro.

COMO EMPEZAMOS?

La edad habitual para separar a los cachorros de su madre y compañeros de camada es de 6 a 8 semanas, lo que coincide con la edad natural en la que las madres destetan a sus cachorros y les enseñan a ser independientes; se ha demostrado que esta separación y cambio del entorno de vida de una persona acelera el proceso de socialización con ellos, pero ojo, no nos engañemos, el vínculo de un cachorro con un humano no requiere que lo reforcemos con comida o que prestemos atención a sus gritos y ladridos de dolor por separación. El proceso ocurre por sí mismo.

Si los cachorros no se separan de su camada, deben tener contacto humano diario durante 6 a 12 semanas; me refiero a todo tipo de personas. No obstante, lo mejor es que el cachorro permanezca en su camada hasta que finalice el periodo de socialización, eso sí, si hemos comentado la exposición a otras especies y estímulos ambientales. Investigaciones indican que el aprendizaje sólido en cachorros comienza a partir de las 8 semanas de edad. Si un cachorro de 8 o 9 semanas experimenta un evento negativo, es posible que recuerde y reaccione de la misma manera en caso de una repetición, sin embargo, aunque un cachorro de 5 o 6 semanas puede acercarse repetidamente a un gato que lo rechaza, si el evento es traumático, puede resultar en desocialización y una respuesta de miedo o evitación ante situaciones similares. Por ejemplo, la vacunación en el veterinario puede tener este efecto y es importante que siempre estes a su lado acompañándolo en todas esas etapas, recuerda que durante su vida tu seras el ser en el que mas confiara.

Por otro lado, si se experimenta con un cachorro de 12 semanas, la socialización ya ha ocurrido, lo que significa que, a pesar de un refuerzo negativo, el cachorro tendrá una tendencia a estar cerca de las personas en lugar de evitarlas debido a la sensación de seguridad que le da la socialización.

El pilar mas fundamental en esta cadena es sin duda la introducción a otros perros y cachorros; sin embargo, es crucial garantizar que los perros con los que se relaciona sean socialmente bien educados, ya que una mala experiencia en esta etapa puede tener un impacto duradero. La interacción con otros cachorros permite al perro aprender comportamientos sociales aceptables, como no morder con demasiada fuerza.

Si un cachorro experimenta un evento traumático, como un refuerzo negativo durante un juego, puede resultar en desocialización y respuestas de miedo o evitación ante situaciones similares. Sin embargo, si un cachorro es socializado adecuadamente, incluso con refuerzo negativo, es más probable que se sienta cómodo en presencia de personas y otros perros. Además, la socialización ayuda a garantizar que un perro adulto respete a perros mayores y comprenda cuándo ha cruzado los límites establecidos en las interacciones sociales.

Creeme que los perros adoptan y aprenden un lenguaje con su amo que logran entender perfectamente, si alguna vez haz escuchado la expresión *"**solo les falta hablar**"* en mi experiencia con estos animalitos, te puedo decir que es muy cierta.

Los perros son hábiles en la percepción de las emociones humanas, por lo que si un dueño está nervioso al presentar un cachorro a un perro más grande, es probable que su cachorro también perciba y experimente esa misma ansiedad. Esto puede crear un ambiente tenso y generar miedo en los perros más grandes, afectando negativamente las futuras interacciones entre ellos; esta bien que quieras protegerlo y cuidarlo de los posibles peligros que lo rodean, pero el caracter que infundas en el, inevitablemente viene del carácter que muestres en esos momentos.

El mundo es un lugar desconocido e incierto para un cachorro recién nacido, por eso para ayudarlo a adaptarse y desarrollar confianza, es importante que tenga experiencias variadas y enriquecedoras. Esto incluye interactuar con diferentes personas, explorar distintos ambientes, escuchar sonidos variados y tocar diferentes texturas, como caminar sobre alfombras, madera, baldosas y subir y bajar escaleras, en fin, una serie de eventos en los cuales tu estarás presente y te daras cuenta intuitivamente cuando debes desarrollar tu papel de amo.

Enriquecer la vida de un perro incluye permitirle establecer vínculos con más personas que lo quieran y lo cuiden, dejar que un ser querido cuide al perro puede ayudarlo a comprender que hay un grupo amplio de personas que están dispuestas a protegerlo y brindarle amor. Esto también refuerza la idea de que los humanos no son vistos como amenazantes y que la confianza y el amor de su dueño no son exclusivos; el es un miembro mas dque llego a hacer parte de nuestra familia.

Por otro lado es importante que tengas muy en cuenta que el proceso de socialización de un cachorro debe ser gradual y ajustado a su ritmo. Lanzarlo de repente a un ambiente ruidoso y concurrido, como un evento social o un lugar público, puede ser abrumador y causar reacciones negativas futuras ante grupos de extraños. Por lo tanto, te recomiendo introducir gradualmente a tu cachorro a diferentes ambientes y situaciones para ayudarlo a desarrollar confianza y seguridad en sí mismo. Después de habituar al cachorro a distintos estímulos en su entorno cómodo, amplía su experiencia al llevarlo a casas de amigos y a diferentes lugares del vecindario. De esta manera, poco a poco irá adaptándose a nuevos ambientes sin sentir inseguridad. Como dice el dicho popular *"todo a su tiempo"*.

los paseos con tu perro son un beneficio demasiado terapéutico tanto para ti como amo, como para tu amiguito; te puedos afirmar que los paseos son una parte crucial de la vida de un perro. No solo brindan la oportunidad de ejercitar su cuerpo y mantenerlo físicamente saludable, sino que también son una forma clave de estimular su mente y mejorar su bienestar psicológico. Además, el paso más importante y básico en el proceso de socialización de un perro es visitar el parque, donde pueden olfatear y interactuar con perros de diferentes razas, tamaños y géneros, así como con otros dueños y mascotas. Por esta razón, es fundamental incluir paseos regulares y visitas al parque en la rutina diaria de nuestra mascota. Dejalo que huela, que indague, que marque sus territorios; no vayas en contra de su naturaleza no permitiéndole este tipo de actividades, cuando ellos marcan su territorio están dejando un mensaje a los demás perros, su edad, su sexo, etc. Te aseguro que es muy parecido a cuando tu revisas tu correo o tus redes sociales.

Lleva siempre un juguete, una pelota, te daras cuenta de que el vinculo que existe detrás de esta aparente simplicidad es mucho más que una forma de entretenimiento para ellos. Representan una conexión especial entre tú y tu mascota, un momento donde puedes fortalecer el vínculo afectivo y demostrar tu papel como guía y protector. Por eso, no subestimes la importancia de incluir un juguete en tus paseos diarios con tu perro, ya que contribuirá a mejorar la relación entre ustedes.

EL ENTRENAMIENTO DE OBEDIENCIA BÁSICA Y AVANZADA.

El entrenamiento de obediencia es un aspecto clave para fortalecer la relación entre un dueño y su perro, a través del entrenamiento, podemos enseñar a nuestra mascota los comportamientos esperados y ayudarles a adaptarse a nuestro hogar y a la sociedad. Ya sea que busques enseñar a tu perro los conceptos básicos de obediencia o que quieras avanzar en el adiestramiento, el entrenamiento de obediencia es una excelente forma de mejorar la comunicación y la convivencia con tu mascota.

Algunas personas evitan informarse sobre este tema porque de pronto les pueda parecer algo tedioso, o porque sencillamente no lo entienden, pero es muchísimo mas fácil de lo que parece, además si disfrutas de este proceso, te vas animar cada vez más a desarrollar un vínculo más fuerte con tu perro. Los perros son animales sociales que crecen y aprenden en manadas, siguiendo el ejemplo de sus ancestros y parientes cercanos como los lobos. Al igual que estos, los perros también aprenden de sus progenitores y de otros miembros de su manada. Un perro sin educación puede ser un problema, especialmente si es grande. En el caso de ciertas razas, la falta de educación puede representar un riesgo inaceptable.

Aunque es posible adiestrar a un perro por uno mismo, en el caso de ciertas razas específicas puede ser necesario recurrir a la ayuda de un profesional. Estas razas no son necesariamente peligrosas, pero pueden combinar un tamaño grande con un carácter independiente. Los comandos básicos, como caminar a tu lado, no comer sin tu permiso, evitar ladrar innecesariamente y molestar a los vecinos, son habilidades que todo perro debería aprender. En general, es posible adiestrar a un perro por uno mismo, pero es importante informarse adecuadamente sobre cómo hacerlo. Se debe entender cómo aplicar correctamente los premios y los castigos en cada situación y momento. Cabe destacar que un castigo no debe consistir en maltrato físico, normalmente una palabra en el tono adecuado o, en casos extremos, un golpe con un papel enrollado es suficiente (no les hace daño pero les molesta).

El entrenamiento de obediencia básico incluye los comandos más importantes que ayudan a establecer la autoridad del dueño sobre su perro, como "sentarse", "venir", "quieto", "tumbarse", entre otros. Estos comandos son esenciales para lograr una buena convivencia y una mayor seguridad para ambas partes. Por otro lado, el entrenamiento de obediencia avanzado va más allá de los comandos básicos y se enfoca en habilidades más complejas y específicas, como el control de distracciones, la ejecución de comandos a larga distancia, el trabajo en equipo, entre otros. Este tipo de entrenamiento es ideal para perros que ya han dominado los conceptos básicos de obediencia y están listos para un desafío más elevado.

La obediencia básica es el punto de partida para cualquier dueño de perro, mientras que el entrenamiento avanzado es para aquellos que buscan llevar su relación con su perro a un nivel más profundo y avanzado.

Es sencillo empezar aplicando algo de conocimiento y sentido común es todo lo que necesitas para enseñar a tu perro ejercicios de obediencia es más efectivo con el uso de refuerzos positivos, como el elogio y la recompensa. Este enfoque de entrenamiento fomenta el aprendizaje, la socialización y la confianza del perro. Para que la recompensa sea más efectiva, es importante darla inmediatamente después del comportamiento deseado. Sin embargo, es crucial establecer límites claros y evitar recompensar comportamientos indeseados para evitar la formación de malos hábitos. el enfoque de refuerzos positivos ayuda a mejorar la comunicación y la relación entre dueño y perro.

Durante la actividad matutina en el parque, lleva contigo algunas pepitas de su concentrado o galletas que a tu perro le gusten como recompensa; repite una orden básica utilizando siempre la misma palabra para que tu perro asocie lo que se está pidiendo, simplemente comienza con una orden sencilla como ***"siéntate"*** o ***"ven"*** y asegúrete de utilizar un término claro y consistente para que tu perro entienda mejor lo que se está pidiendo.

Utilizar refuerzos positivos y técnicas de repetición con un término claro y consistente es una técnica efectiva para enseñar a los perros comportamientos básicos de obediencia. Y de ahí parte todo lo que tienes que saber de un adiestramiento básico para la educación de tu amigo.

En términos de un adiestramiento más avanzado para tu perro, existen muchas técnicas adicionales según el nivel al que deseas llegar; sin embargo, las técnicas mencionadas en este capítulo son necesarias y suficientes para domesticar e incentivar su inteligencia y desarrollo cognitivo, recuerda siempre que estos procesos fortalecen el vínculo con tu perro y lo hacen crecer constantemente. Esta comprobado científicamente que la enseñanza y el adiestramiento son importantes para mejorar la inteligencia y el desarrollo cognitivo de los perros, y también fortalecen la relación entre el dueño y el perro. Iniciar la socialización de un cachorro es un proceso gradual, es importante evitar exponer al perro a situaciones que lo asusten bruscamente.

Empecemos por cortos paseos en el jardín o propiedad y asi Observaremos cómo reacciona a otros perros y gradualmente lo acostumbraremos a estar cerca de ellos y de personas extrañas; es importante entrenar y socializar al perro diariamente y hacerlo una experiencia positiva, especialmente durante el juego. Con paciencia y amor, se puede lograr la socialización completa, incluso con perros adultos.

Para cuando estes en este punto ya entenderas que maltratar a un animal para enseñarlo es ineficaz y va en contra de los valores éticos, además de ser cruel, los métodos de abuso pueden aumentar el estrés y la ansiedad en el animal, lo que puede afectar su bienestar y salud mental. Estos métodos también pueden crear una relación tensa y adversa entre el animal y su dueño, lo que puede socavar la confianza y el respeto mutuo; y vamos si ya estas en esta instancia ni vale la pena recalcar que es el amor hacia tu mascota es lo que mueve tu motivación a enseñarlo y adiestrarlo.

Es por eso, insisto en que utilizar el refuerzo positivo significa eliminar del proceso formativo cualquier conducta o actitud abusiva. Por otro lado, los métodos basados en el amor y las recompensas son más efectivos y saludables para el animal. Estos métodos fomentan una relación positiva y respetuosa entre el animal y su dueño, y pueden mejorar la confianza y la motivación del animal. Además, los métodos positivos pueden ser más divertidos y gratificantes para ambas partes.

Siempre debes de tener en cuenta que debes tratar a los animales con amor y respeto, y evitar el abuso y la violencia en el entrenamiento, esto no solo es ético y moralmente correcto, sino que también es más efectivo y beneficansa en una relación positiva y saludable entre el animal y su dueño.

La raza de tu perro puede influir en sus actividades favoritas, lo cual profundizaremos más adelante. Sin embargo, es importante señalar que encontrar un deporte adecuado para tu perro no solo es una forma de entretenimiento, sino también de fomentar la obediencia y disciplina en tu mascota. El entrenamiento de un perro debe ser una actividad divertida y satisfactoria para ambas partes.

Es importante tener en cuenta las características físicas del animal, como su estructura ósea y musculatura, al elegir actividades de entrenamiento. Por ejemplo, un perro con patas cortas puede no ser adecuado para ciertas actividades que requieren una gran cantidad de saltos o movimientos bruscos.

En caso de duda sobre qué actividades son las más adecuadas para su perro, es recomendable consultar con un criador o veterinario experimentado. Estos profesionales pueden aconsejar sobre las actividades que mejor se adaptan a las capacidades físicas y necesidades de su perro, y ayudar a garantizar una experiencia de entrenamiento segura y satisfactoria para ambas partes.

El hogar puede ser un lugar ideal para preparar a los perros para el mundo exterior, todos los elementos, desde aparatos electrónicos hasta juguetes, pueden ser utilizados para enriquecer su proceso de aprendizaje. La participación de otros miembros de la familia también puede ayudar a sacar al perro de su zona de confort. Jugar con los hijos y los juguetes es una excelente manera de socializar a los perros. Sin embargo, debemos asegurarnos de que los perros no tengan miedo de juguetes desconocidos.

ENCONTRANDO A TU MEJOR AMIGO : COMO DEBES HACER PARA ELEGIR EL PERRO PERFECTO PARA TI

En serio creo profundamente que el vínculo entre las personas y las mascotas ayuda a crear una sociedad mejor, y convivir con un perro puede significar compartir juntos una vida plena y feliz durante años. Sin embargo, es fundamental elegir al compañero adecuado para garantizar la felicidad y el bienestar tanto del dueño como del animal. La elección de una raza de perro es un proceso emocionante y desafiante que requiere investigación y consideración cuidadosa de tus necesidades y deseos. Es importante tener en cuenta factores como el estilo de vida, el espacio disponible y las preferencias personales, Al elegir al compañero adecuado, puedes disfrutar de años de amor y felicidad junto a tu mascota.

La selección de la raza de perro adecuada debe ser un proceso cuidadoso que tenga en cuenta tanto tu estilo de vida como tus objetivos y expectativas como dueño de un perro. Es fundamental que te informes sobre las características y necesidades específicas de la raza que te interesa, para asegurarte de elegir una que sea un buen match tanto para ti como para tu futuro compañero canino. De esta manera, podrás asegurarte de que tu experiencia como dueño de un perro sea positiva y que tu perro tenga una vida plena y saludable. Por lo tanto, es importante tomarse el tiempo necesario para investigar y considerar cuidadosamente las diferentes opciones antes de elegir la raza que mejor se adapte a tu estilo de vida.

Existen tipos de personas que solamente quieren a un canino para mantenerlo amarrado en el patio trasero o encerrado en su apartamento 10 horas al dia y esto de ninguna forma es algo ético para ningún ser; Algunas preguntas que debes hacerte incluyen: ¿Cuál es tu estilo de vida actual y cómo encajará un perro en él? ¿tengo el tiempo que se necesita para convivir con el? ¿Qué tipo de temperamento y características buscas en un perro? ¿Prefieres un perro grande o pequeño? ¿Deseas un compañero para hacer ejercicio o un compañero más relajado? Estoy dispuesto a tolerar ciertos comportamientos naturales que tiene un cachorro con su nuevo entorno?

Asegurate de que el perro sea compatible con el resto de tu familia, especialmente si tienes niños o otros animales domésticos. En última instancia, la elección de un nuevo amigo canino es un compromiso a largo plazo, y debes elegir sabiamente para asegurarte de que tu vida y la de tu perro sean felices y saludables juntos.

Los perros son animales únicos y cada uno tiene su propia personalidad, aunque algunos comportamientos y rasgos puedan ser comunes en determinadas razas. Es importante tener en cuenta que, aunque algunas razas puedan ser más ruidosas por naturaleza, esto puede ser entrenado con tiempo y paciencia. Nuestro selector de razas puede ayudarte a combinar las tendencias naturales de tu perro con tu estilo de vida para que puedas disfrutar juntos de una vida feliz y plena.

Obviamente antes de tu elección debes leer un poco sobre las diferentes razas y sus requisitos, incluyendo ejercicio, alimentación, cuidado y personalidad. Puedes hablar con criadores o expertos en perros, así como asistir a exposiciones o eventos para conocer diferentes razas en persona. Ten en cuenta que, aunque las razas puedan tener tendencias de personalidad, cada perro es único y su comportamiento depende de su entorno y formación. Por eso debes estar seguro que eres y puedes ser responsable de dar un estilo de vida confortable a tu amiguito.

AHORA SI LO QUE QUIERES ES ADOPTAR

La adopción es un acto de amor que conlleva muchas responsabilidades. Antes de adoptar un perro, es importante conocer los requisitos y condiciones necesarias para brindarle una vida sana y digna. Debes asegurarte de estar preparado para asumir la responsabilidad que conlleva, incluyendo tiempo, paciencia, dedicación y recursos económicos para brindar una alimentación equilibrada, actividad física, estimulación mental y un entorno enriquecedor.

Si estás pensando en adoptar un perro, te recomendamos acudir a una casa de acogida, albergue o protectora de animales. Estos son los lugares responsables de asegurarse de que el perro adoptado goce de buena salud. Verifica todos los puntos antes mencionados y asegúrate de que estás seguro de querer adoptar antes de tomar esta decisión.

Tengo un amigo muy cercano que de hecho conoci en el parque de mi barrio donde saco a mis perros a pasear, el ha adoptado tres perritos de la calle y conoce muy bien el proceso de adopción y te quiero resumir algo de lo que tanto hablamos de ellos en el parque, pero quiero hacer énfasis en su experiencia brindándoles amor a estos perritos que no han tenido tanta suerte en su camino. Tratare de ponerlo en sus palabres … "Adoptar un perro ha sido una de las mejores decisiones que he tomado en mi vida. Me siento muy afortunado de haber contado con el apoyo y guía de los profesionales y voluntarios en el centro de adopción. Gracias a ellos, pude elegir al perro perfecto para mi estilo de vida y mi familia. El proceso fue muy organizado y seguí todos los pasos necesarios, incluyendo llenar un formulario de adopción y tener una entrevista y visita inicial con el tutor.

Recuerdo que al principio, me preocupaba que no fuera un proceso formal y que no tuviera la asistencia de profesionales. Pero en realidad, el proceso fue muy transparente y todo lo que necesitaba estaba disponible en el centro de adopción. Incluso me aseguré de cumplir con los requisitos necesarios, como tener 18 o 21 años, dependiendo del país.

En general, adoptar un perro es un proceso lleno de emoción y responsabilidad, pero con la ayuda de los profesionales y voluntarios, puedes estar seguro de que el proceso será suave y sin problemas. Yo estoy muy feliz de haber adoptado a mi amigo canino y no lo cambiaría por nada en el mundo."

Adoptando a un cachorro:

Si estás considerando adoptar un cachorro, debes saber que es una gran responsabilidad y compromiso, pero también es una de las experiencias más gratificantes que puedes tener. Por eso, es importante que tomes en cuenta algunos factores antes de tomar esta decisión. te recomeiendo que tengas en cuenta los siguientes aspectos:

Requisitos especiales: Algunos tutores pueden tener requisitos especiales para la adopción de cachorros, por ejemplo, limitar la adopción a personas mayores de 18 o 21 años, según el país de residencia.

Proceso de registro: Es probable que el tutor te pida que llenes un cuestionario de adopción para conocer más sobre tu estilo de vida, rutina y características.

Entrevista y visita: El tutor puede requerir una entrevista y una visita inicial a tu hogar para verificar si es un ambiente positivo para un cachorro en adopción.

Compromisos financieros: Debes estar preparado para los costos financieros que conlleva la adopción de un cachorro, que pueden incluir desde la castración hasta los gastos de alimentación y atención veterinaria.

Adopción de un perro adulto: Si decides adoptar un perro adulto o senior, debes tener en cuenta que puede requerir tiempo, paciencia y amor para acostumbrarse a su nuevo hogar. Es importante ser paciente y constante para ganarse la confianza del perro y hacerlo sentir seguro.

Un animal no es un juguete y va a estar a tu lado muchos años asi que por lo tanto va a necesitar de ti de tu tiempo, amor y sobretodo de tus cuidados pues tu seras el ser en el que mas confie; adoptar un cachorro es un compromiso de por vida, y es importante que tomes en cuenta todos los factores antes de tomar esta decisión. Recuerda que los perros necesitan mucho amor y atención, y es importante que puedas proporcionarles un hogar seguro y amoroso. Pero si ya crees que tienes todos estos aspectos, vamos no esperes más!!!

CONOCE A LAS DIFERENTES RAZAS DE PERROS: PERSONALIDADES Y CARACTERÍSTICAS ÚNICAS

Si bien todos los perros son hermosos para nosotros, algunas razas son más populares que otras. El mundo de las razas de perros es vasto y diverso, y existen cientos de diferentes tipos de perros para elegir. Desde pequeños y activos toy dogs hasta imponentes y poderosos pastores alemanes, hay una raza de perro para cada estilo de vida y personalidad. Sin embargo, algunas razas son más populares que otras, y es importante conocerlas para tomar una decisión informada sobre qué perro elegir. En este texto, nos enfocaremos en las razas de perros más populares, conocidas por su personalidad amigable, su belleza y su adaptabilidad a la vida en el hogar.

El Siberian Husky es originario de Rusia y ha sido utilizado como perro de trabajo, especialmente como perro de tiro de trineo, durante mucho tiempo. Con su apariencia lobuna y su pelaje exuberante, este perro es admirado por su poderosa nobleza y es uno de los perros más valorados del mundo. Es importante tener en cuenta que este perro necesita una gran cantidad de ejercicio, ya que es nativo de climas fríos.

El Golden Retriever es un perro de origen inglés que es conocido por su amistosa, cariñosa y juguetona personalidad. Además, su habilidad para aprender y su paciencia lo convierten en un perro popular para la terapia infantil. También es un gran perro de asistencia y es conocido como un "perro calificado".

El Dogue de Bordeaux, de origen francés, fue muy popular entre la realeza en el siglo X y aún hoy es uno de los perros más populares debido a su linda apariencia. Los perros de raza vienen en una variedad de tamaños, desde perros de juguete hasta perros gigantes, todos con abrigos ricos y rizados y con una personalidad leal y cariñosa. Es importante destacar que un perro de raza también se refiere a cualquier tipo de perro de raza pura

El Cocker Spaniel es una raza de perro popular conocida por su naturaleza amigable, cariñosa y juguetona. Estos perros son activos y necesitan una buena cantidad de ejercicio físico y mental para mantenerse saludables y felices. Tienen una apariencia elegante y su pelaje suave y sedoso requiere una atención regular para mantenerlo en buen estado. Los Cocker Spaniels son perros muy leales y amorosos y han sido utilizados como perros de compañía, perros de caza y perros de exhibición. En general, son una excelente opción para aquellos que buscan un perro amigable, inteligente y leal.

El Bull Terrier es una raza de perro conocida por su apariencia musculosa y su personalidad enérgica y juguetona. Son perros muy activos y necesitan una buena cantidad de ejercicio físico y mental para mantenerse saludables y felices. A pesar de su apariencia intimidante, los Bull Terriers son conocidos por ser perros amigables y leales que se llevan bien con los niños y otros animales. Sin embargo, debido a su naturaleza fuerte y enérgica, es importante entrenarlos adecuadamente y socializarlos desde una edad temprana para evitar problemas de comportamiento en el futuro. En general, los Bull Terriers son una excelente opción para aquellos que buscan un perro activo, leal y amigable.

El Labrador Retriever es una de las razas de perro más populares y queridas en todo el mundo. Son conocidos por su personalidad amigable, cariñosa y juguetona, lo que los convierte en una excelente opción para las familias con niños. Además, son perros muy inteligentes y fáciles de entrenar, lo que los hace populares como perros de ayuda para personas con discapacidades, así como para la búsqueda y rescate. Los Labradores también son perros muy activos y necesitan una buena cantidad de ejercicio físico y mental para mantenerse saludables y felices. Su pelaje sedoso y su apariencia amigable los hacen populares como perros de compañía. En general, los Labradores son una excelente opción para aquellos que buscan un perro amigable, inteligente y activo.

El Pastor Alemán es considerado como uno de los perros más inteligentes del mundo. Con cuerpos elegantes y poderosos, esta raza es apreciada por su personalidad noble y leal. Al ser criado para cumplir con estándares específicos, los pastores alemanes son a menudo utilizados como perros policía. Sin embargo, es importante destacar que esta raza puede sufrir de displasia de cadera, por lo que es necesario implementar medidas preventivas para garantizar su bienestar. A pesar de ello, el tamaño pequeño y la apariencia adorable de los pastores alemanes los hacen muy populares entre los dueños de perros. No dejes que su linda apariencia te engañe, estos perros son verdaderamente majestuosos y dignos de admiración.

El dálmata es una raza de perro que es reconocida por su coloración de manchas blancas sobre un fondo negro. Originalmente se criaron como perros de caza y carruaje, pero hoy en día son populares como perros de compañía. Los dálmatas son perros activos y juguetones, y se llevan bien con los niños y otros animales. Sin embargo, también necesitan mucho ejercicio y estimulación mental para mantenerse saludables y felices. Debido a su energía y curiosidad, es importante socializarlos y entrenarlos de manera adecuada desde una edad temprana.

El Boxer es una raza de perro que se originó en Alemania a fines del siglo XIX. Se caracteriza por su fuerza, agilidad y tamaño atlético. Se utilizaron originalmente como perros de trabajo, y eran muy apreciados por su habilidad para cazar y proteger a sus dueños. Los Boxers son conocidos por ser perros alegres, leales y juguetones, y suelen ser excelentes compañeros para las familias. Son protectores por naturaleza y pueden ser muy vigilantes con sus dueños y su hogar. Sin embargo, también pueden ser protectores y agresivos con extraños si no han sido socializados adecuadamente. A pesar de su tamaño y fuerza, los Boxers son perros inteligentes y responden bien al entrenamiento y la socialización temprana. Es importante tener en cuenta que son perros activos que necesitan mucho ejercicio físico y mental, y que también pueden ser propensos a ciertos problemas de salud, como problemas cardíacos y de piel.

El Beagle es una raza de perro pequeño y alegre originaria de Inglaterra. Se utilizaban originalmente como perros de caza, y su excelente nariz y agilidad les permitían seguir la pista de su presa.
Los Beagles son conocidos por ser perros amigables, juguetones y curiosos, y suelen ser excelentes compañeros para las familias. A pesar de su tamaño pequeño, son perros activos y requieren una buena cantidad de ejercicio físico y mental para mantenerse saludables y felices. los Beagles son perros amigables y alegres que pueden ser excelentes compañeros para las familias activas y dispuestas a dedicar tiempo y energía a su entrenamiento y cuidado.
Principio del formulario

El Pitbull es una raza de perro que ha sido objeto de controversia y prejuicio a lo largo de los años. Es una raza fuerte y atlética que se originó en Gran Bretaña y se utilizó originalmente para peleas de perros y para trabajo en granjas. Es importante destacar que los Pitbulls son perros amigables y leales, y que su comportamiento depende en gran medida de su entrenamiento y socialización. Muchos Pitbulls son excelentes compañeros para las familias y se llevan bien con los niños y otros animales.

Sin embargo, debido a su historial de peleas de perros y a la mala prensa que han recibido, algunos lugares han prohibido la raza o impuesto restricciones en su crianza y propiedad. Además, es importante tener en cuenta que los Pitbulls pueden ser propensos a ciertos problemas de comportamiento, como la agresividad y el dominance, y pueden requerir un entrenamiento y socialización adecuados. En resumen, los Pitbulls pueden ser excelentes compañeros para las familias, pero es importante tener en cuenta su historial y entrenarlos y socializarlos adecuadamente para evitar problemas de comportamiento. Es importante destacar que la agresividad en cualquier perro, incluyendo los Pitbulls, es resultado de una combinación de factores, incluyendo genética, entrenamiento y ambiente, y no se puede atribuir a la raza en sí.

El Chihuahua es una raza de perro pequeña y vibrante originaria de México. Son conocidos por su pequeño tamaño y su personalidad fuerte, y suelen ser excelentes compañeros para personas mayores y para quienes viven en apartamentos pequeños. Los Chihuahuas son perros activos y juguetones, y a pesar de su tamaño pequeño, pueden ser muy protectoras con sus dueños y su hogar. Sin embargo, debido a su pequeño tamaño, también son propensos a ciertos problemas de salud, como problemas de dental y problemas de huesos.

Es importante tener en cuenta que los Chihuahuas pueden ser difíciles de entrenar debido a su personalidad fuerte, y pueden ser propensos a problemas de comportamiento, como la agresividad con otros perros y la ansiedad. Además, debido a su pequeño tamaño, es importante protegerlos de lesiones y tenerlos bajo supervisión cuando están al aire libre.

Todos los perros, sin importar su raza o origen, merecen ser amados y cuidados. Por eso, es fundamental que te informes y comprendas bien la personalidad, necesidades y características de la raza que deseas adoptar o escoger desde su etapa de cachorro. Esto te ayudará a asegurarte de que la raza sea una buena combinación con tu estilo de vida y a brindarle a tu perro el amor y el cuidado que necesita para ser un miembro feliz y saludable de tu familia. Además de escoger una raza de perro, es igualmente importante considerar la adopción de perros callejeros o perros sin raza definida. En conclusión, existen muchas razas de perros diferentes, cada una con sus propias personalidades, necesidades y habilidades únicas.

Es importante investigar y conocer las razas de perros antes de adoptar o comprar un perro para asegurarse de que sean una buena combinación con su estilo de vida y sus necesidades. Además, es importante recordar que la personalidad y el comportamiento de un perro dependen en gran medida de su entrenamiento y socialización, y que los perros de cualquier raza pueden ser excelentes compañeros y miembros valiosos de la familia si se les brinda el amor y el cuidado adecuados.

Estos perros a menudo tienen dificultades para encontrar hogares permanentes y necesitan amor y atención igualmente.

Al adoptar un perro callejero o sin raza, no solo estás brindándole un hogar a un animal que lo necesita, sino que también estás contribuyendo a reducir el número de perros sin hogar en las calles. Además, muchos perros callejeros tienen personalidades y habilidades únicas, y pueden ser excelentes compañeros y miembros de la familia. Por lo tanto, tanto si decides adoptar una raza definida como si decides adoptar un perro callejero o sin raza, es importante brindarles amor y cuidado para que puedan ser felices y saludables.

CÓMO ELEGIR EL PERRO ADECUADO PARA TU FAMILIA Y ESTILO DE VIDA.

Desde mi experiencia personal, puedo decir que los perros son, sin duda, los animales más divertidos, adorables y amigables que existen. Son fieles compañeros que nos brindan su amor incondicional y nos alegran la vida cada día. Al buscar un perro que se adapte a nuestras necesidades, es importante considerar cuidadosamente la raza que elegimos. Un factor importante a tener en cuenta es si queremos un perro que también pueda ser un guardián leal de nuestro hogar.

En mi búsqueda de la pareja perfecta para mí, descubrí que existen tres razones principales para tener un perro: como amigo, como guardián y como miembro de la familia. Si buscas un perro guardián, hay algunas razas que son naturalmente más adecuadas para este trabajo, como el pastor alemán o el pellizco mordedor. Estos perros son excelentes protectores y no confían fácilmente en extraños, por lo que pueden ser ideales para mantener seguro tu hogar y tu familia.

Sin embargo, es importante recordar que incluso los perros guardianes pueden ser divertidos y adorables. No caigas en la trampa de pensar que un perro que es un buen protector no puede ser un amigo cariñoso también. Por otro lado, los perros demasiado amigables, como los perros de raza retro, pueden no ser la mejor opción si buscas un perro guardián. Estos perros suelen ser muy amigables con todo el mundo, incluyendo a los extraños, y pueden no ser los más adecuados para proteger tu hogar.

Finalmente, hay perros que son ideales para ser miembros de la familia. Si buscas un perro que sea un compañero amoroso y un miembro valioso de tu familia, hay muchas razas que son excelentes opciones. Al elegir un perro familiar, es importante considerar su tamaño, su nivel de actividad y sus necesidades de cuidado. En cualquier caso, lo más importante es brindarle amor y atención a tu perro para que pueda ser feliz y saludable.

Cuando se tiene una familia numerosa con muchos niños, no solo se acoge a un recién nacido. Encontrar la raza de perro perfecta puede resultar complicado. Aunque la mayoría de los perros adoran a los niños, en este caso, el Labrador Retriever o el Golden Retriever son sin duda la mejor opción. Estos perros simplemente adoran a los niños y siempre están dispuestos a jugar. Nada les hace más felices que recibir una pelota. Si te preocupa su tamaño, considera comprar un perro grande. Sin embargo, el Pekinés podría no ser una buena opción, ya que generalmente prefieren ser el único hijo de la familia. Si llevas una vida activa, te gusta caminar o trotar todos los días y probablemente no te importaría tener un compañero de entrenamiento, entonces considera un perro deportivo, como un galgo o un whippet, ya que son ideales para correr. Si prefieres un perro más pequeño, el jack russell terrier también puede ser una buena opción. No es recomendable adquirir un Setter inglés o un Basset hound, ya que no les gustará la idea de ser demasiado activos.

Evita todas las razas de perros grandes, ya que podrían ser demasiado pesados y afectar tus articulaciones si necesitan ejercicio regular. Si buscas un compañero peludo para acurrucarte en el sofá y ver la televisión después de un duro día de trabajo, el Pug, el Carlino Francés o el Maltés son opciones perfectas que siempre estarán a tu lado.

Aunque cualquier variación de trabajo es normal mientras lees un buen libro o ves tu programa favorito, estos perros necesitan mucho ejercicio y actividad, por lo que no son adecuados para los solitarios ocupados. Si prefieres quedarte en casa, considera un perro de compañía como un pequinés o un bichón frisé, ya que son más felices en casa y no necesitan tanta socialización constante.

Recuerda que todos los perros necesitan amor y atención, por lo que no deberías tener uno si no puedes pasar tiempo con él. Si no tienes mucho tiempo, tal vez deberías considerar tener un gato, ya que la mayoría de ellos no les importa si estás cerca o no. Por cierto, ¿no olvidaste cambiar la bombilla? Volviendo al tema de los perros, si estás jubilado y quieres un compañero peludo, un Boston Terrier, Beagle o King Cavalier serían una buena opción. Son cariñosos y juguetones, sin necesidad de horas de entrenamiento. Sin embargo, para perros grandes, puede ser más difícil, ya que suelen ser más activos y necesitan más atención y ejercicio. Si vives en un departamento, ciertas razas de perros se adaptan mejor que otras, y sorprendentemente, el tamaño no siempre es importante, sino el temperamento.

No asumas que un perro pequeño será feliz en un espacio pequeño. Si buscas una raza de tamaño pequeño, considera un Yorkie o un Bulldog. Por otro lado, piensa dos veces antes de adoptar un Chihuahua, ya que estos perros son pequeños pero muy activos. Si ya tienes otras mascotas en casa, debes ser cuidadoso al elegir la raza del nuevo miembro de la familia para asegurarte de que se lleven bien. Los perros de pelea, como los Terriers o las razas utilizadas en peleas de perros, pueden ser astutos y agresivos por naturaleza. Si buscas un perro para climas cálidos, recuerda que no todos los perros disfrutan del calor.

Si vives en un lugar donde hace calor la mayor parte del año, debes considerar cuidadosamente qué raza de perro es adecuada para ti. Aunque muchas personas piensan que los perros de pelo corto son ideales para climas cálidos, la tolerancia al calor no depende solo del pelaje. También es importante tener en cuenta la estructura y el tamaño facial del perro.

Los terriers suelen tolerar bien el calor, aunque hay diferentes tamaños corporales, algunas razas como el St. Bernard y la Caja pueden ser incómodas en climas cálidos. Si vives en un clima frío, es mejor optar por una raza que tenga doble capa de pelo, huesos y más grasa corporal, como el Samoyedo o el Mame Ho Saint Bernard.
Si eres alérgico al pelo de perro, considera una raza como el Sn que produce menos caspa que otras.

Si buscas una raza de perro que sea hipoalergénica, una buena opción son los caniches y sus cruces. Aunque es importante tener en cuenta que, aunque estas razas producen menos caspa, aún puedes experimentar algunos síntomas de alergia. Si sufres de alergias, es mejor evitar razas con piel seca, como los pastores alemanes, y también razas con pelo largo. Si ya tienes un perro y sufres de alergias, duplicar los medicamentos para la alergia puede ser una solución temporal.

Para los nuevos dueños de perros, las razas como el labrador, el border terrier, el collie o el bichón frisé son buenas opciones. Estas razas son muy inteligentes, relativamente fáciles de entrenar y no son tercas. Si bien pueden requerir paciencia, siguen siendo buenas opciones para dueños primerizos. Recuerda que una excelente opción es buscar un buen refugio en tu área para adoptar a tu nuevo amigo peludo.

Desde mi experiencia personal, puedo decir que los perros son, sin duda, los animales más divertidos, dulces y simpáticos. Son compañeros fieles que nos dan amor incondicional y alegran nuestro día. A la hora de buscar el perro adecuado a nuestras necesidades, es importante pensar detenidamente en la raza que elegimos. Un factor importante a tener en cuenta es que si queremos un perro, éste también puede ser un fiel guardián de nuestro hogar. En mi búsqueda del compañero perfecto, descubrí que existen tres razones principales para tener un perro: como amigo, como tutor y como miembro de la familia. Si está buscando un perro guardián, algunas razas, como los pastores alemanes o los pitbulls, son naturalmente más adecuadas para el trabajo. Estos perros son buenos protectores y no confían fácilmente en los extraños, lo que los hace ideales para la seguridad de su hogar y su familia.

Sin embargo, es importante recordar que incluso los perros guardianes pueden ser divertidos y lindos. No cometa el error de pensar que los perros son buenos protectores en lugar de amigos adorables. Por otro lado, si buscas un perro guardián, un perro demasiado amigable como el Vintage puede no ser la mejor opción. Estos perros suelen ser muy amigables con todos, incluidos los extraños, y es posible que no sean los mejores para proteger su hogar.

Finalmente, algunos perros son excelentes miembros de la familia. Si está buscando un perro que sea un compañero amoroso y un miembro valioso de su familia, hay muchas razas que son buenas opciones. Al elegir un perro para su familia, es importante considerar su tamaño, nivel de actividad y necesidades de cuidado. En cualquier caso, lo más importante es brindarle a su perro atención para mantenerlo feliz y saludable.

Cuando tienes una familia numerosa, no solo le das la bienvenida a un recién nacido. Encontrar la raza de perro perfecta puede ser difícil. Si bien la mayoría de los perros aman a los niños, un Labrador Retriever o Golden Retriever es definitivamente la mejor opción en esta situación. Estos perros aman a los niños y siempre están felices de jugar. Nada los hace más felices que atrapar una pelota. Si le preocupa su tamaño, considere comprar un perro más grande. Sin embargo, los pug pequinés pueden no ser una buena opción, ya que generalmente prefieren ser el único hijo de la familia. Si lleva una vida activa, disfruta de caminatas o carreras diarias, y tal vez no le importe un compañero de entrenamiento, considere la posibilidad de adquirir un perro deportivo como un galgo o un sabueso, ya que corren bien. Si quieres un perro más pequeño, el Jack Russell Terrier también puede ser una buena opción. No se recomiendan setters o bassets ingleses ya que no les gusta la idea de ser demasiado activos.

Evite todas las razas de perros grandes, ya que pueden ser demasiado pesados y forzar las articulaciones si necesitan ejercicio regular. Si buscas un compañero peludo para acurrucarte en el sofá y ver la tele después de un duro día de trabajo, un Pug, French Pug o Maltés es perfecto y siempre estará a tu lado.

Aunque cualquier cambio de trabajo es normal, leer un buen libro o ver tu programa favorito, estos perros necesitan mucho ejercicio y actividad, por lo que no son aptos para personas solitarias y ocupadas. Si desea permanecer en el interior, considere la posibilidad de tener un perro de compañía como un pequinés o un bichón, ya que son más felices en el interior y no requieren una socialización constante.

Recuerde, todos los perros necesitan amor y atención, así que si no puede pasar tiempo con su perro, no compre uno. Si no tienes mucho tiempo, considera tener un gato, ya que a la mayoría de los gatos no les molesta tu presencia. Por cierto, ¿olvidaste cambiar la bombilla? Volviendo al tema de los perros, si está jubilado y quiere un compañero peludo, un Boston Terrier, Beagle o Cavalier King sería una buena opción. Cariñosos y juguetones, no necesitan horas de entrenamiento. Sin embargo, esto puede ser más difícil con perros más grandes, ya que tienden a ser más activos y requieren más atención y ejercicio. Si vives en un departamento, ciertas razas de perros se adaptan mejor que otras y, sorprendentemente, no siempre es el tamaño lo que importa, sino el temperamento.

No creas que el cachorro estará feliz en una habitación pequeña. Si buscas una raza pequeña, considera un Yorkie o un Bulldog. Por otro lado, piénsalo dos veces antes de adoptar un chihuahua porque estos perros son pequeños pero muy activos. Si ya tienes otras mascotas en tu hogar, debes tener cuidado al elegir una raza para tu nuevo miembro de la familia para asegurarte de que se lleven bien.

Si eres nuevo en el mundo de los perros, una buena opción es acudir a un refugio de animales y mencionar que eres novato para que puedan ayudarte a encontrar la mejor opción. Así, podrás llevar a casa a un perro afortunado que seguramente se convertirá en tu amigo más leal. Recuerda que, aunque algunos dueños permiten que sus mascotas duerman juntas, en la mayoría de lugares del mundo está prohibido. Si ya tienes un perro o estás considerando comprar o adoptar uno, cuéntanos en los comentarios abajo. Y si te ha gustado este video, no olvides darle un "me gusta", compartirlo con tus amigos

LA IMPORTANCIA DE LA ACTIVIDAD FÍSICA Y EL EJERCICIO EN PERROS.

Quiero hablarles sobre la importancia del ejercicio para nuestros perros, independientemente de su tamaño o raza. Es fundamental que realicen ejercicio diario para prevenir problemas de ansiedad, estrés, físicos y enfermedades como la artritis. Los deportes que podemos practicar incluyen correr, caminar, interactuar con otros perros, nadar, jugar con objetos arrojadizos y esconder objetos para que los encuentren.

Es recomendable dedicar al menos media hora al día para el ejercicio de nuestras mascotas. Es esencial comenzar gradualmente, especialmente si el perro no está acostumbrado al entrenamiento duro. Empiece con trote lento durante 10 minutos al día, aumentando gradualmente el tiempo y la distancia. Esto evitará problemas musculares y de sobrepeso. Recordemos que los cachorros que no hacen ejercicio pueden experimentar problemas de salud en el futuro.

Para garantizar la seguridad de nuestros perros durante el entrenamiento, es importante seguir un aumento gradual en el tiempo y la distancia. Deben ser considerados factores como el clima, la hidratación, el uso de etiquetas de identificación y correas, ya que incluso el perro más inteligente está expuesto a accidentes. Se recomienda llevar a los perros con correa, especialmente en zonas donde hay muchas bicicletas o personas.

Los perros pequeños necesitan menos ejercicio que los grandes, por lo que se recomienda pasearlos y correrlos durante unos 20 minutos al día, mientras que los perros grandes necesitan al menos media hora de ejercicio diario. Después del entrenamiento, se puede mimar a nuestros perros con bálsamo fresco o aceite de coco aplicado en sus patas.

Es importante destacar que la lectura es fundamental para la educación de nuestras mascotas, especialmente cuando se encuentran en una situación de sobrepeso. Esto puede ocasionar problemas de latencia o generacionales en algunos casos. Por lo tanto, es necesario fomentar la conciencia y la educación en nuestras mascotas, especialmente en cachorros.

Es esencial que los cachorros aprendan a socializar de manera adecuada, para evitar comportamientos rebeldes en el futuro. La utilización de técnicas como el entrenamiento con un "clicker" y la correcta postura en la marcha, es fundamental para el correcto desarrollo físico y psicológico de los animales.

Sin embargo, es importante tener en cuenta que no es saludable humanizar demasiado a nuestras mascotas, ya que esto puede afectar negativamente su capacidad de socialización y su comportamiento en general. En conclusión, la educación y la socialización adecuadas son cruciales para el bienestar de nuestras mascotas y debemos estar dispuestos a invertir tiempo y esfuerzo en ellas.

Antes de entrenar con un perro, es importante tener en cuenta cinco puntos importantes. **En primer lugar**, es fundamental asegurarse de que la actividad física sea apropiada para la edad del animal. Algunas actividades pueden estar restringidas por la edad del perro, ya sea por ser demasiado joven o por estar en la tercera edad. **En segundo lugar**, es importante considerar el peso del perro. Los perros con mucho sobrepeso pueden tener problemas cardiovasculares después de un ejercicio intenso, al igual que los perros que están muy delgados. Por lo tanto, es esencial tener en cuenta su peso antes de empezar un entrenamiento.

En tercer lugar, si el perro está enfermo, independientemente de la enfermedad que padezca, o si tiene una patología crónica o aguda, no se le debe ejercitar. Por ejemplo, si el perro tiene una enfermedad respiratoria, hacer ejercicio vigoroso podría empeorar su condición.
En cuarto lugar, es necesario considerar el nivel de energía del perro. Cada perro tiene un nivel de energía diferente, y es importante adaptar el entrenamiento a su capacidad física y mental. **Por último**, es importante que el dueño del perro esté en buena forma física para poder entrenar al animal de manera adecuada. Tener buena salud y forma física permitirá al dueño llevar al perro al límite de su capacidad y así maximizar los resultados del entrenamiento. Esta es otra ventaja de tener a estos animalitos como compañeros, ya que nos sacan de nuestra rutina de forma positiva e indirectamente nos hacen hacer ejercicio, ya sea para satisfacer sus necesidades o las nuestras.

En conclusión, antes de entrenar con un perro, es fundamental tener en cuenta su edad, peso, salud, nivel de energía y la capacidad física del dueño. Si se tienen en cuenta estos cinco puntos importantes, se puede garantizar un entrenamiento seguro y efectivo para el perro.

Es sumamente importante tomar precauciones al hacer ejercicio con nuestras mascotas, por lo que siempre es recomendable consultar con un veterinario antes de realizar una actividad física intensa con ellas. Además, es esencial asegurarse de que nuestro animal esté en condiciones óptimas para realizar el ejercicio. Por lo tanto, es importante informar al veterinario acerca de las condiciones de salud de nuestra mascota y solicitar su opinión acerca de si es adecuado o no hacer ejercicio intenso con ella.

Es imprescindible tomar medidas preventivas antes de hacer ejercicio con nuestras mascotas, para asegurar su bienestar y evitar cualquier problema de salud. Por lo tanto, siempre es recomendable consultar con un veterinario antes de realizar cualquier actividad física intensa con nuestras mascotas y avisarle sobre las condiciones de salud de nuestro animal.

Es evidente que el ejercicio físico es muy beneficioso para mantener una buena salud en general. No obstante, hay muchas personas que desconocen la importancia que tiene el ejercicio regular para el bienestar emocional, mental y físico de los perros. Por este motivo, a continuación, presentaremos los 10 principales beneficios que puede obtener tu perro al salir a caminar. Antes de mostrar los 10 mejores beneficios del ejercicio físico para los perros, es importante recordar que para ellos el ejercicio no solo incluye actividades como correr, trotar, caminar y juegos de agilidad, sino también otras. Sin embargo, en esta sección nos centraremos en el ejercicio físico más básico y común para humanos y perros: **el paseo.** Por tanto, no debemos dejar de lado otras actividades.

10. Ayuda a mantener una mascota saludable. Es evidente que el ejercicio es beneficioso para todos, pero en el caso de los perros, salir a caminar de forma regular puede ofrecer beneficios adicionales para su salud, como mejorar su agilidad y flexibilidad.

9. Ayuda a controlar el peso. Un perro con sobrepeso no es un animal saludable. A menudo, se piensa que un perro gordo es un perro bien alimentado y saludable, pero esto no es del todo cierto. En los últimos años, se han asociado varios problemas de salud graves con la obesidad en los perros. Por lo tanto, salir a caminar y practicar senderismo puede ser beneficioso para controlar el peso de nuestros queridos amigos peludos.

8. Favorece el funcionamiento del sistema digestivo. Los paseos regulares pueden ayudar a que el sistema digestivo de tu perro funcione correctamente, lo que se traduce en movimientos intestinales normales y regulares todos los días, evitando así la diarrea y el estreñimiento.

7. Previene comportamientos destructivos. Salir a caminar y realizar otros ejercicios de forma regular puede ayudar a reducir o incluso evitar comportamientos destructivos como masticar objetos, cavar en el jardín o rascarse constantemente. En cierto modo, los perros son como los niños: si no les proporcionamos actividades constructivas, pueden decidir hacer cosas destructivas.

6. Previene la hiperactividad. Caminar puede ayudar a liberar y regular cualquier exceso de energía que pueda tener tu perro, calmando y reduciendo cualquier hiperactividad o tensión. Salir a caminar puede ayudar a que tu perro se sienta más relajado y somnoliento, lo que puede reducir la cantidad de quejas cuando llega la hora de dormir.

5. Evita la falta de disciplina. Comportamientos como tirar muebles o saltar sobre las personas pueden ser signos de energía acumulada. Las caminatas regulares pueden ayudar a controlar estos comportamientos indisciplinados.

4. Reduce el comportamiento de búsqueda de atención. Los ladridos y aullidos son señales de que tu perro necesita atención. Los paseos regulares con tu perro pueden ayudar a mejorar este comportamiento e incluso distraerlo por completo.

3. Fortalece las relaciones. Pasar más tiempo con tu perro es muy importante. Caminar juntos fortalece el vínculo entre tú y tu perro, creando una relación de mayor confianza.

2. Ayuda a desarrollar la confianza del perro en sí mismo. Si tu perro es un poco tímido y no está acostumbrado a la compañía de extraños, los paseos regulares pueden ayudar a mejorar su confianza y a socializarlo con otras personas y perros.

1. **Y te vuelvo hacer énfasis en este ultimo punto,** pasear a tu perro no solo beneficia a tu mascota, sino que también te beneficia a ti. Sabemos que los paseos pueden tener varios beneficios físicos, mentales y emocionales, pero caminar con tu perro regularmente también reduce tus niveles de estrés y ansiedad. Además, te ayuda a perder peso y desarrollar músculo.

Si te sientes abrumado, frustrado o irritable después de un día de trabajo, Enserio te recomiendo que saques a pasear a tu mascota y pronto sentirás los beneficios.

64

APRENDE A COMUNICARTE CON TU PERRO, ENTIENDE EL LENGUAJE CORPORAL CANINO.

Los perros utilizan todo su cuerpo, desde las orejas hasta la cola, para comunicarse con otros perros e incluso con las personas. A través de su lenguaje corporal, pueden expresar su estado emocional, indicando si están contentos y relajados o si se sienten nerviosos e incómodos. Para mejorar la relación con su perro, es fundamental comprender sus señales de comunicación. Los perros, al igual que las personas, pueden enfadarse y tratan de hacernos saber cómo se sienten, pero entender lo que quieren transmitir a través de su lenguaje corporal puede resultar complicado.

Sin embargo, los perros tienen la ventaja de que nunca ocultan sus emociones y siempre intentan comunicarse con nosotros. Como dueños de perros, es importante que aprendamos su lenguaje y prestemos atención a las señales que nos muestran, como la posición de la cola, los ojos, las orejas, la cara y la postura.

La posición y el movimiento de la cola es una de las formas más claras de comunicación. Si la cola de tu perro está hacia abajo pero se mueve, es probable que quiera jugar o esté emocionado. Si está baja y se mueve lentamente, puede que esté esperando a que le indiques qué hacer o que necesite ayuda para entender lo que está sucediendo. Si la levanta y la mueve rápidamente, es posible que esté desafiándote a ti y a tu autoridad, lo que significa que siente que tiene el control de la situación.

La forma de comunicación más común y fácilmente reconocible es la cola metida entre las piernas, lo que indica que el perro se siente inseguro o asustado. Prestar atención a estas señales nos ayudará a mejorar nuestra relación con nuestros perros y a responder de manera adecuada a sus necesidades emocionales.

Entender las señales de comunicación de tu perro puede mejorar significativamente su relación y evitar problemas. Si bien puede ser difícil saber exactamente lo que están pensando, prestar atención a su lenguaje corporal puede ayudar a interpretar sus sentimientos.

Es esencial que como dueño de un perro aprendas el lenguaje de su comunicación y observes las señales que te está dando. Estas señales se pueden clasificar según las partes del cuerpo del perro, como la posición de la cola, los ojos, las orejas, la cara y la postura.

La posición y el movimiento de la cola son una de las formas más fáciles de comunicación. Si la cola de tu perro está hacia abajo pero se mueve, puede significar que está emocionado o que quiere jugar contigo. Si la cola está baja y se mueve lentamente, puede estar esperando que le indiques qué hacer. Si la levanta y la mueve rápidamente, es posible que quiera desafiarte y demostrar que tiene poder sobre ti. Sin embargo, si su cola está metida entre las patas traseras, es una señal común de que está asustado y necesita ser consolado.

Los ojos son más difíciles de interpretar que las colas, pero los perros expresan muchas emociones a través de ellos. Si sus ojos están abiertos y alerta, significa que está tratando de comunicarse contigo y a menudo intenta captar tu atención. Si un perro quiere que reacciones de cierta manera, puede entreabrir los ojos, guiñarte o parpadear constantemente. Si esto último ocurre, podría ser una señal de un problema ocular que debe ser revisado por un veterinario.

Las orejas son un signo más sutil de comunicación y puede llevar más tiempo acostumbrarse a interpretarlas, ya que cada perro las usa de manera diferente. Si las orejas están hacia atrás, cerca de la cabeza y ligeramente aplanadas, puede significar que tu perro está asustado o incómodo con la situación en la que se encuentra. Por otro lado, si las orejas están erguidas, significa que está atento y alerta a lo que sucede a su alrededor.

Los perros también pueden bajar una sola oreja, generalmente la izquierda, como reacción a sonidos desconocidos y a personas que les causan miedo. Uno de los signos más reconocibles que podrás observar en tu perro es su bostezo. La mayoría de la gente tiende a pensar que su perro simplemente está cansado, lo cual es lo más común.

Sin embargo, si tu perro se encuentra en un entorno nuevo o cerca de otros perros, el bostezo puede ser una señal de nerviosismo. Los cachorros a menudo hacen esto cuando están cerca de otros perros desconocidos. Si tu mascota bosteza directamente hacia ti, esto es solo una señal de apego. Si un perro se lame la cara, podría estar limpiando la comida o mostrando señales de estrés.

Si un perro enseña los dientes pero no ladra ni gruñe, suele ser una señal de defensa territorial. Por ejemplo, si alguien intenta quitarle la comida al perro, o si otro animal se acerca mientras estás comiendo. Aquí es importante observar la postura del perro en lugar de centrarse en una parte específica como la cara o la oreja. Si un perro expone su barriga cuando se acuesta o se da la vuelta, es una señal de confianza al permitir que lo acaricies o le rasques la barriga.

De esta manera, tu perro confirma su satisfacción. A veces, algunos perros pueden poner su cara en nuestro regazo o falda para pedir atención, mostrando que nos necesitan. Además, si un perro pone su pata en tu rodilla o pierna, muestra dominancia sobre ti. Asegúrate de retirar tus pies con cuidado, ya que si el perro comienza a temblar, puede que esté intentando apartarlos. A veces, los perros pueden sacudirse después del baño para eliminar el exceso de agua, pero si tu perro hace esto de manera repetitiva sin causa aparente, es recomendable llevarlo al veterinario, ya que podría estar estresado.

Si tu perro se sienta de espaldas a ti, esto puede ser una señal de confianza. Prestar atención a estas señales mencionadas anteriormente te ayudará a conocer mejor a tu perro y comunicarte de manera efectiva con él. Los perros expresan una amplia gama de emociones, y puedes establecer una conexión más profunda con ellos si sabes cómo interpretar sus señales. Los perros son seres extraordinarios, increíbles, amorosos, fieles, leales, cariñosos e incondicionales.

Desde que son cachorros, la mayoría de los perros muestran claramente su estado de ánimo a través de su postura corporal y gestos. Cada uno de ellos nos indica si nuestra mascota está relajada, alerta, asustada, agresiva (a la defensiva o agresiva) o simplemente quiere jugar.

Para reconocer un **lenguaje canino relajado**, es importante observar su posición corporal. Si está relajado, el perro dejará caer la cola, pero no la meterá entre las piernas, y podrá moverla lentamente. Además, distribuirá uniformemente el peso sobre sus piernas, sin forzar el cuerpo. Fíjate en sus orejas: estarán en una posición neutral, ni hacia adelante ni hacia atrás. Por último, los ojos también son importantes; si notas que tu perro parpadea lentamente, esto puede indicar que está tranquilo.

Indicadores de que **tu perro está en alerta** ¡Ojo y siempre alerta ! Si tu peludo muestra alguna de las siguientes señales o gestos de alerta, es probable que algo haya llamado su atención. Esto no significa necesariamente que esté reaccionando a una situación negativa, simplemente está mostrando interés por algo específico que le llama la atención. Para reconocer un perro en alerta, presta atención a su cola: la mantendrá en posición erguida y puede que la mueva. Es posible que su cuerpo esté tenso y se incline hacia lo que le ha llamado la atención, apoyándose sobre sus patas delanteras.

Por otro lado, uno de los principales signos de que un cachorro está en alerta es que mantendrá sus orejas erguidas y ligeramente hacia adelante. Este cambio puede ser más sutil si tu cachorro tiene las orejas caídas. Mantén tus ojos bien abiertos y fíjate si tu perro tiene la boca cerrada.

Cómo identificar si tu perro está asustado o triste Es importante saber cómo reconocer los signos de miedo y/o ansiedad en tu peludo. Si parece asustado, debes alejarlo rápidamente de cualquier cosa que le provoque una reacción negativa y darle tiempo para que se calme. Uno de los casos más comunes de miedo o ansiedad canina ocurre durante los fuegos artificiales en la noches del hermoso Diciembre *(para citar un ejemplo)*

Probablemente ya sepas que cuando un cachorro tiene miedo, su comportamiento más habitual es meter el rabo entre las patas. Pero hay otros signos que pueden indicar que está sufriendo: Tu perro puede agacharse y apartar la cabeza de algo que le asusta, pareciendo que va de lado. También puede levantar una pata delantera, bostezar o lamerse los labios, estos gestos son signos de ansiedad. Meterse las orejas y gemir también son signos clave de esta afección. En estos casos, el perro evitará siempre el contacto directo con cualquier cosa que lo incomode.

Manténte siempre alerta ante los **signos de agresión defensiva**. Este tipo de comportamiento a menudo está relacionado con episodios previos de miedo y/o ansiedad no resueltos. Es crucial prestar atención al lenguaje corporal del perro y evitar presionarlo en exceso.

Cuando un perro muestra un comportamiento defensivo agresivo, es común que coloque la cola entre las patas y adopte una postura encogida. El pelaje de la espalda y la cola puede erizarse, y el perro puede inclinarse hacia atrás y doblar las patas. Es posible que el perro emita un rugido intenso y tenga las pupilas dilatadas. En su expresión facial, las comisuras de los labios pueden estar alargadas y los dientes expuestos. Presta atención porque en esta situación, el lenguaje corporal de los perros es muy diferente al mencionado anteriormente. Cuando un perro muestra agresividad ofensiva, adopta una postura dominante: cola alta, orejas erguidas y mirada fija. Estos gestos son opuestos a los que muestra en una situación de agresividad defensiva. Te recomendamos prestar especial atención a este tipo de comportamiento, ya que puede desembocar en una situación incómoda e incluso violenta.

Si hay algo que comparten la mayoría de nuestros amigos peludos, es su naturaleza juguetona: siempre quieren jugar. Y cuando están felices, su postura de "reverencia" lo dice todo: mueven la cola, ladean la cabeza, puntúan las orejas, sacan la lengua... ¡e incluso ladran de placer! Ver a nuestros cachorros así nos llena de alegría y no hay nada más gratificante que involucrarse en sus juegos. Aprovechar estos momentos de felicidad es una excelente manera de proporcionarles la estimulación física y mental que necesitan para mantenerse saludables y felices.

Sin embargo, es importante recordar que, además del ambiente hogareño que contribuye a su felicidad, existen otros factores que pueden afectar su bienestar y salud mental. Por ejemplo, utilizar productos y alimentos 100% naturales puede ayudar a mantenerlos saludables y felices. Prestar atención a su lenguaje corporal y mantenerlos activos y estimulados también es clave para asegurarnos de que están disfrutando de la vida al máximo.

Hay mucho que podemos aprender de su comportamiento, y si aplicáramos estas lecciones en nuestras vidas, el mundo sería un lugar muy diferente.

¡Que Dios los bendiga y proteja siempre!

CUIDADO DIARIO: ALIMENTACIÓN, HIGIENE PARA TENER UN PERRO FELIZ Y SALUDABLE.

Puedo asegurarte que una alimentación adecuada y una buena higiene son fundamentales para mantener a tu perro feliz y saludable en el día a día. En cuanto a la alimentación, es importante proporcionar una dieta equilibrada y nutritiva que se ajuste a las necesidades específicas de tu mascota en términos de edad, tamaño y actividad física. Asegúrate de elegir alimentos de alta calidad y evita darle comida procesada, ya que esto puede aumentar el riesgo de obesidad y otros problemas de salud. Además, asegúrate de darle agua fresca y limpia en todo momento.

Otro aspecto importante para el cuidado diario de tu perro es la higiene. El aseo regular es esencial para mantener su piel y pelaje en buenas condiciones, así como para prevenir problemas de salud como infecciones de la piel y parásitos. Cepilla su pelaje regularmente y báñalo según sea necesario, utilizando champús específicos para perros y evitando el uso de productos diseñados para humanos. Además, asegúrate de limpiar regularmente sus oídos y dientes, y cortarle las uñas cuando sea necesario.

Mantener una buena higiene es fundamental para la salud y bienestar de tu mascota. Además del baño, existen varios hábitos higiénicos que debes practicar de manera regular para mantener a tu perro saludable y feliz.

El cepillado del pelo es una de las tareas más importantes que debes hacer de manera constante y frecuente. No solo ayuda a mantener su pelaje suave y brillante, sino que también puede prevenir enredos, nudos y posibles infecciones de la piel. Además, el cepillado regular también ayuda a eliminar el pelo muerto y minimizar la cantidad de pelo que pierde en la casa.

La limpieza bucal y dental es otra tarea importante. La acumulación de sarro y placa bacteriana puede causar mal aliento, dolor en las encías e incluso infecciones en los dientes y en el resto del cuerpo. Cepilla los dientes de tu perro regularmente con pasta de dientes diseñada para perros, y proporciona juguetes y golosinas dentales que ayuden a mantener sus dientes limpios y fuertes.

Además, debes limpiar regularmente los oídos y los ojos de tu mascota para prevenir infecciones. Asegúrate de utilizar productos específicos para perros y seguir las instrucciones del fabricante. También es importante recortar las uñas de tu perro de forma regular para evitar que se rompan o se enganchen en superficies. Finalmente, la prevención de pulgas y garrapatas es fundamental para evitar enfermedades transmitidas por estos parásitos. Consulta con tu veterinario sobre los productos más adecuados para prevenir estas plagas y la desparasitación interna periódica.

Durante muchos años, se ha recomendado bañar a los perros una vez al mes debido a la agresividad de los productos utilizados en el baño, que pueden ser dermatológicamente agresivos. Sin embargo, los avances en cosmética han permitido bañar a las mascotas con más frecuencia, incluso una vez por semana.

Los perros de exposición son un buen ejemplo, ya que se bañan una vez por semana, con la excepción de algunas razas como el Cocker Spaniel americano, que requiere baños cada cuatro días. Estos perros tienen un pelaje envidiable y una piel saludable. "Los perros viven en nuestra casa, se suben a la cama, al sofá... ¿Cómo no vamos a lavarlos todas las semanas si se suben a la cama y al sofá de nuestra casa y se ensucian con el polvo del parque?"

Es importante recordar que la frecuencia de los baños debe ser adecuada a las necesidades de cada perro. Algunos perros necesitan bañarse con más frecuencia debido a su estilo de vida o problemas de piel. Por ejemplo, un perro que se ensucia con frecuencia debido a su actividad diaria podría necesitar bañarse más a menudo. Por otro lado, si tu perro tiene problemas de piel, como una infección o alergias, es posible que necesite bañarse con menos frecuencia.

Los perros necesitan bañarse regularmente para mantener una buena higiene, pero la frecuencia de los baños debe ser adecuada a las necesidades individuales de cada perro. Los avances en cosmética han hecho posible bañar a las mascotas con más frecuencia y, en algunos casos, bañarlos una vez por semana es recomendable. Lo importante es asegurarse de utilizar productos de baño adecuados y seguir las recomendaciones de un veterinario.

Cuando se trata de cortes de pelo para perros, muchas veces pensamos que solo es necesario hacerlo en verano para evitar el calor. Sin embargo, la frecuencia del corte de pelo puede variar según la raza y tipo de pelaje del perro.

Por ejemplo, los perros de pelo largo como el Shih Tzu requieren un cuidado constante para mantener su pelaje sedoso y brillante, mientras que razas como el Labrador necesitan muy poco mantenimiento, solo un cepillado regular para prevenir enredos y la caída del pelo.

En general, los perros que no necesitan cortes de pelo deberían ser llevados a la peluquería al menos una vez cada tres meses, preferiblemente coincidiendo con el cambio de estaciones. En estas visitas, se les realiza una limpieza profunda para eliminar la suciedad y el exceso de pelo muerto, y se les aplica un acondicionador que nutre y protege la piel. Es importante recordar que el pelo del perro sigue creciendo después de un corte, por lo que si se quiere mantener un pelo corto, es necesario hacer cortes regulares.

La frecuencia del corte de pelo de los perros varía según la raza y el tipo de pelaje. Los perros de pelo largo requieren más cuidado y mantenimiento, mientras que los perros de pelo corto necesitan menos. Si tu perro no necesita un corte de pelo regular, es recomendable llevarlo a la peluquería al menos una vez cada tres meses para mantener una buena higiene y un pelaje saludable.

Por último, es fundamental que brindes a tu perro suficiente ejercicio y actividad física. Los perros necesitan salir a caminar y correr para mantenerse saludables y felices, además de socializar con otros perros y personas. Asegúrate de darle paseos diarios y jugar con él para fomentar su salud física y mental.

Cepillar el pelo de tu perro diariamente se convierte en una rutina importante para su cuidado. En casa, es fundamental mantener una tarea de mantenimiento constante. Por ello, los cepillados diarios después de los paseos son imprescindibles, ya que eliminan gran cantidad de polvo y suciedad. Si no mantenemos una higiene constante en nuestras mascotas, la suciedad puede acumularse, lo cual no es recomendable para la salud de su piel. De hecho, aquellos perros con problemas dermatológicos necesitan una higiene más rigurosa.

Una buena alimentación, higiene y ejercicio son clave para tener un perro feliz y saludable en el día a día.. Es importante revisar los oídos en busca de mal olor, exceso de cerumen u otros líquidos. También es necesario comprobar que los ojos estén libres de costras y sin signos de inflamación o irritación.

Si bien estos cuidados pueden parecer abrumadores, es importante no olvidarse de ellos para evitar problemas de salud en el futuro. Cuidar la higiene de tu perro es una responsabilidad esencial de todo dueño responsable.

¿Cómo alimentar adecuadamente a un perro?

Cada perro es único y necesita nutrientes y proteínas específicos, dependiendo de su raza, edad, tamaño, actividades y estilo de vida. Por lo tanto, es importante que se les proporcione una dieta equilibrada y adecuada a sus necesidades individuales. Como dueños de nuestras mascotas, la responsabilidad de su alimentación recae completamente en nosotros.

Aunque puede parecer obvio, es esencial tener en cuenta la importancia de proporcionar una alimentación adecuada a nuestros perros. Al principio, puede resultar confuso y desorientador, especialmente si eres dueño de un perro por primera vez. Pero quiero en estos siguientes párrafos facilitarte las cosas para que entiendas de una forma mas sencilla lo fundamental de una buena dieta.

La hidratación: la clave para la salud de los perros

La hidratación es esencial tanto para los perros como para los seres humanos. En promedio, los perros necesitan 60 ml de agua por cada kilogramo de peso corporal. Sin embargo, esta cantidad debe aumentarse para cachorros, hembras lactantes, en climas cálidos o si son físicamente activos. Es importante recordar cambiar el agua con regularidad para evitar la proliferación de bacterias que pueden afectar la salud de nuestro perro.

Controlar la cantidad de comida de tu perro

Sería ideal que pudieras medir y pesar la cantidad de comida que le das a tu perro. La cantidad adecuada de alimento se determina en función de los requerimientos energéticos diarios y del peso corporal del animal. Controlar la cantidad de comida que le ofreces a tu perro ayudará a prevenir enfermedades como la obesidad, que puede provocar muchas otras complicaciones de salud.

Asegurando una dieta equilibrada para tu perro

Es fundamental que los alimentos que consuma tu perro contengan las cantidades adecuadas de nutrientes necesarios para su peso y talla, estado fisiológico, edad e incluso su salud en general. Así garantizarás que su dieta sea equilibrada y saludable para tu mascota.

Respeta las transiciones alimentarias de tu perro

Si estás cambiando la alimentación de tu perro, es importante hacerlo de manera gradual y progresiva. Utiliza ambos productos durante una semana y luego incrementa poco a poco la cantidad del nuevo alimento hasta completar el cambio. De esta forma, ayudarás a que tu perro se adapte a los nuevos sabores y los digiera con facilidad. Además, permitirás que su metabolismo se ajuste a la nueva dieta, evitando reacciones adversas o problemas digestivos.

Tienes que saber lo que le das

Es importante elegir el alimento adecuado para tu perro para asegurarte de que reciba todos los nutrientes necesarios para su correcto desarrollo. Asegúrate de que el alimento que le ofreces contenga proteínas, minerales, carbohidratos, grasas, vitaminas y antioxidantes.

La higiene de su comida

Es importante prestar atención a la higiene de los alimentos para garantizar su salud. En general, los productos comerciales, como los piensos, no presentan problemas de higiene si se almacenan adecuadamente en un lugar seco y oscuro y están debidamente sellados. Los alimentos enlatados, frescos o descongelados se pueden colocar en el refrigerador por un corto período de tiempo. Si hay residuos de alimentos, ya sean secos o húmedos, es importante eliminarlos y limpiar los platos diariamente. De esta manera, se evitará el crecimiento de bacterias y se mantendrán las golosinas esponjosas en buen estado.

Los perros son animales omnívoros que requieren una dieta equilibrada para mantener su salud en óptimas condiciones. Las frutas y verduras pueden ser una excelente fuente de nutrientes para ellos, siempre y cuando se les den en cantidades adecuadas y se eviten aquellas que puedan resultar tóxicas para los caninos. En primer lugar, hay frutas que los perros pueden comer con seguridad, como las manzanas, los plátanos, las fresas, las frambuesas y los arándanos. Estas frutas son ricas en vitaminas y antioxidantes, y pueden ser una buena fuente de fibra para mejorar la digestión de los perros. Sin embargo, es importante evitar darles frutas con huesos, como las ciruelas, ya que pueden ser peligrosas para su salud.

Por otro lado, las verduras también son una excelente opción para complementar la dieta de los perros. Las zanahorias, los guisantes, el brócoli y la calabaza son algunas de las verduras que pueden ser beneficiosas para su salud. Estas verduras son ricas en nutrientes esenciales como la vitamina A, la vitamina C y la fibra, que pueden ayudar a mantener su sistema inmunológico fuerte y su sistema digestivo saludable. Sin embargo, hay algunas frutas y verduras que los perros deben evitar. Por ejemplo, las uvas y las pasas pueden ser tóxicas para ellos y pueden causar daño renal.

También se deben evitar verduras como la cebolla y el ajo, ya que pueden causar anemia en los perros. Es importante asegurarse de que las frutas y verduras que se les dan a los perros estén bien lavadas y cortadas en pequeñas porciones para evitar el riesgo de asfixia o de obstrucción en el tracto digestivo.

Las frutas y verduras pueden ser una excelente fuente de nutrientes para los perros siempre y cuando se les den en cantidades adecuadas y se eviten aquellas que puedan resultar tóxicas para ellos. Es importante consultar con un veterinario para determinar la cantidad y el tipo de frutas y verduras que se deben incluir en la dieta de los perros para garantizar su salud y bienestar.

Existen algunas frutas y verduras que no deben ser incluidas en la dieta de los perros, ya que pueden ser tóxicas para ellos o causarles problemas digestivos. Algunas de estas frutas y verduras son:

Uvas y pasas: pueden causar daño renal en los perros, incluso en pequeñas cantidades.

- Aguacate: la persina, una sustancia presente en el aguacate, puede causar vómitos y diarrea en los perros.

- Cebolla y ajo: estos alimentos pueden causar anemia en los perros si se consumen en grandes cantidades.

- Tomates: los tomates contienen solanina, una sustancia que puede ser tóxica para los perros si se consumen en grandes cantidades.

- Patatas crudas: las patatas crudas contienen solanina, que puede ser tóxica para los perros.

- Cítricos: los cítricos pueden causar irritación estomacal y diarrea en los perros.

- Frutas con huesos: las frutas con huesos, como las ciruelas y los duraznos, pueden ser peligrosas para los perros, ya que los huesos pueden causar obstrucciones en el tracto digestivo.

Además del aguacate, hay algunas otras verduras que no se recomiendan para la alimentación de los perros, ya sea porque pueden ser tóxicas o porque no son fáciles de digerir. Algunas de estas verduras son:

- Cebolla y ajo: estos alimentos contienen compuestos de sulfóxido y tiosulfato que pueden dañar los glóbulos rojos de los perros y causar anemia.

- Patatas crudas: contienen solanina, un alcaloide tóxico que puede causar náuseas, vómitos y diarrea.

- Champiñones y setas: algunas variedades de hongos pueden ser tóxicas para los perros y causar síntomas como vómitos, diarrea, temblores y convulsiones.
- Tomates verdes: al igual que los tomates maduros, los tomates verdes contienen solanina, que puede ser tóxica para los perros.
- Espárragos: aunque no son tóxicos para los perros, pueden ser difíciles de digerir y causar malestar estomacal.

Es importante tener en cuenta que, aunque estas verduras pueden ser perjudiciales para los perros, cada perro es único y puede tener diferentes reacciones a los alimentos. Siempre es recomendable consultar con un veterinario antes de incluir cualquier tipo de verdura en la dieta de los perros para asegurarse de que sean seguras y beneficiosas para su salud.

84

VACACIONES CON TU MEJOR AMIGO: CONSEJOS PARA VIAJAR SIN PROBLEMAS CON TU PERRO

Viajar con un perro puede ser un desafío, pero si te acostumbras, planificas cuidadosamente y organizas todo correctamente, no solo traerá alegría, sino que tu perro te lo agradecerá infinitamente. El tamaño y la personalidad de tu perro tendrán un gran impacto en cómo planificas tu viaje y preparas todo lo que necesitas. Es importante hacerlo bien, ya que una mala organización cuando viajas con un perro puede arruinar tus vacaciones.

Sin embargo, incluso después de seguir estos consejos, si aún sientes que tu perro estaría mejor en casa, te recomendamos dejarlo allí con alguien que conozcas o en uno de los "hoteles" para perros. Hemos recopilado una lista de consejos muy útiles que te serán de gran ayuda si estás planeando una aventura con tu mejor amigo.

Si te encanta salir de aventuras con tu perro, es importante que prepares su mente para largos viajes. Esta preparación mental no se puede dejar para el último momento, ya que requiere tiempo y dedicación. Lo más crucial es que tu compañero canino esté bien socializado, lo que implica que esté acostumbrado a todo lo que pueda encontrarse en el camino. No solo debe estar familiarizado con otros perros y personas, sino también con diferentes ruidos, lugares nuevos, espacios reducidos y el movimiento de los vehículos.

Los perros necesitan sentirse cómodos en cualquier situación y para lograrlo, debes acostumbrarlos gradualmente a cada una de ellas. La socialización no se trata solo de darles cariño, sino de exponerlos a diferentes situaciones y ayudarlos a superar cualquier miedo que puedan tener.

Es importante recordar que, al igual que cada persona es diferente, cada perro también lo es. Por lo tanto, lo que funciona para un canino puede no funcionar para otro. Es fundamental adaptar el entrenamiento a las necesidades y personalidad de tu perro. Algunos pueden necesitar más tiempo para adaptarse a los nuevos entornos, mientras que otros pueden ser más resistentes al cambio. El objetivo es ayudarlos a ser la mejor versión de sí mismos en todo momento.

Recuerda que el tiempo es esencial en este proceso. No se trata solo de un día de entrenamiento, sino de una práctica constante y diaria. Esto puede incluir caminar por diferentes lugares, introducirlo en ambientes ruidosos o en espacios reducidos, así como viajar en coche y estar en presencia de otros perros y personas.

Si deseas llevar a tu perro en un largo viaje, debes prepararlo mentalmente. Para hacerlo, debes asegurarte de que esté bien socializado y cómodo en diferentes situaciones. No olvides que cada perro es único y necesita un enfoque personalizado. Con tiempo, dedicación y paciencia, podrás ayudar a tu compañero canino a disfrutar de cualquier aventura que tenga por delante.

para preguntar sobre cualquier restricción o requerimiento de la política del lugar que vayas a visitar con tu perro. Aunque queremos que nuestros perros sean más sociales, es importante considerar que cada uno es un individuo único. Por lo tanto, es fundamental adaptar la ruta y el destino de acuerdo a las necesidades de nuestro perro. No debemos llevarlo a lugares demasiado concurridos o fuera de su zona de confort, sino ajustarnos a sus preferencias.

Es recomendable incluir momentos de descanso en la ruta y permitir que nuestro perro se relaje, ya que el descanso es vital para su bienestar. Además, es esencial que tenga un lugar seguro para dormir, para lo cual es necesario acostumbrarlo a descansar en diferentes lugares.
Por lo tanto, es recomendable sacar a nuestro perro a dormir en diferentes lugares y acostumbrarlo a descansar en cualquier ambiente. De esta forma, se sentirá cómodo y seguro en cualquier lugar que visiten juntos.

También es importante realizar algunos ejercicios útiles antes de viajar con nuestro perro, como visitar su sitio web para verificar cualquier restricción o requerimiento del lugar que vayas a visitar, así como llamar para obtener más información.

Es fundamental adaptar la ruta y el destino de acuerdo a las necesidades de nuestro perro y permitirle descansar en diferentes lugares para que se sienta cómodo y seguro en cualquier ambiente. Además, es importante realizar algunos ejercicios previos para garantizar una experiencia de viaje exitosa con nuestro compañero canino.

No se necesita una superficie específica para realizar este ejercicio, ya que se puede utilizar una toalla, la cama portátil del perro, el vehículo, entre otros objetos. Es importante identificar dónde se realizará el ejercicio, que en este caso sería una alfombra, para que el perro lo asocie con el lugar de entrenamiento.

Es recomendable hacer el ejercicio gradualmente, utilizando diferentes superficies y recompensando al perro con alimentos previos comestibles que sean de tamaño adecuado y no demasiado blandos. También es importante entrenar de un perro a otro para tener una idea clara de cuál es la recompensa. se puede realizar este ejercicio en diferentes superficies y utilizar alimentos previos comestibles adecuados como recompensa. Es importante identificar el lugar de entrenamiento y utilizar una palabra específica para este ejercicio.

Planifica actividades en las que puedas disfrutar en compañía de tu perro, como senderismo, escalada o ciclismo, asegurándote de elegir destinos que permitan la presencia de mascotas. Asegúrate de que tu perro se comporte adecuadamente y sé responsable de su conducta. Si todos los dueños de mascotas actúan de forma responsable, será más fácil encontrar destinos, hoteles y viajes que permitan a las mascotas en el futuro.

Entorno desconocido: Recuerda que tu perro se encontrará en un entorno desconocido, sin conocimiento de la ciudad, el barrio o las personas. Al principio, mantén a tu perro atado hasta que se familiarice con el entorno. Anima a tu perro a marcar su territorio para que, en caso de que se pierda, pueda encontrar el camino de regreso.

Si esto sucede, asegúrate de que el collar de tu perro lleve su identificación y número de contacto, y considera la posibilidad de implantar un microchip para facilitar su localización en caso de extravío.

Viajando con un perro que ladra: Si tu perro tiende a ladrar sin control, lo mejor es buscar alojamiento un poco apartado de los demás huéspedes para evitar posibles molestias. Recuerda ser considerado con los demás pasajeros y reducir al mínimo las molestias que pueda causar tu mascota.

Cuando viajas con tu perro, es importante que planifiques su alimentación y bebida con anticipación. Aunque en casa pueda ser suficiente con darle lo que el perro quiera comer, en un entorno nuevo, puede que se sienta más reacio a probar alimentos nuevos. Por eso, lo ideal es llevar la misma comida para perros que le das en casa y su propio bol para comer y beber. De esta manera, se sentirá más cómodo y tú estarás más tranquilo.

Además, ten en cuenta que los perros pueden deshidratarse rápidamente, por lo que es imprescindible que lleves agua fresca para ti y para tu mascota. Asegúrate de que siempre tengas una fuente de agua disponible para él.

En definitiva, estas son las recomendaciones para viajar con perros, que te puedo dar; recuerda que en un viaje con amigos, los detalles son importantes, y si prestas atención a las necesidades de tu mascota, el viaje será perfecto.

CUIDADOS PARA ENTENDER EL COMIENZO DE SU VEJEZ

A menudo se dice que el tiempo de los perros transcurre más rápido que el de sus dueños. Algunas personas utilizan una regla general para estimar la equivalencia de edad entre un perro y un humano, según la cual se multiplica la edad del animal por siete. Sin embargo, esta fórmula solo proporciona una estimación aproximada, ya que el envejecimiento de un perro está determinado por varios factores, como el tamaño del cuerpo, la raza, la dieta y el estilo de vida.

Es importante recordar que no todos los perros envejecen al mismo ritmo. La edad biológica de un perro depende tanto de su herencia genética como de su salud, nutrición y niveles de estrés a lo largo de la vida. Además, es importante tener en cuenta que la edad y la esperanza de vida varían según la raza.

Por lo tanto, es fundamental cuidar bien a tu perro para prevenir el envejecimiento prematuro y reducir el estrés emocional. Para lograrlo, es necesario satisfacer sus necesidades con una dieta adecuada, que puede ser específica para perros mayores o más ligera para aquellos que ya han envejecido. Además, es importante realizar revisiones veterinarias anuales y estar atento a cambios de comportamiento o problemas potenciales, como por ejemplo:

Los perros pueden manifestar síntomas que indican problemas de salud. Algunos de los signos a tener en cuenta incluyen la pérdida de peso o apetito, tos y fatiga, debilidad, aumento de la sed o micción frecuente, estreñimiento o diarrea, secreciones extrañas y bultos en su cuerpo. Estos síntomas pueden estar asociados con una variedad de condiciones, desde infecciones y alergias hasta enfermedades crónicas y cáncer. Es importante llevar al perro al veterinario si se presentan estos síntomas o cualquier otra preocupación de salud.

A medida que los perros envejecen, tienden a volverse más sedentarios y menos curiosos, lo que significa que su energía disminuye y pueden ser menos tolerantes a los cambios en la dieta y la rutina. Es importante complementar su dieta con alimentos adecuados para perros mayores. Además, pueden volverse más excitables y tener dificultades para adaptarse a las temperaturas extremas. También pueden sufrir pérdida de memoria y dormir más de lo habitual. Los cambios de comportamiento en los perros mayores a menudo están asociados con la aparición de enfermedades físicas, como pérdida de audición y olfato, artritis o debilidad muscular. Por lo tanto, es esencial realizar revisiones regulares con el veterinario para detectar y tratar cualquier problema médico lo antes posible.

Los perros mayores experimentan signos de envejecimiento que incluyen pérdida de fuerza y tono muscular, especialmente en las piernas, lo que puede llevar a enfermedades articulares degenerativas. Para reducir estos problemas, es importante que los perros mayores realicen ejercicio ligero con regularidad. Existen fármacos, como los condroprotectores o los analgésicos, que pueden reducir los síntomas del proceso degenerativo. Tu veterinario sabrá qué es lo mejor para tu perro.

Los tumores de piel y enfermedades capilares son comunes en los perros mayores, por lo que es importante cepillar bien su pelaje y protegerlo del frío. A medida que los perros envejecen, pueden perder el sentido del olfato, el gusto y la vista.

Los perros mayores pueden experimentar una serie de cambios funcionales que afectan su salud y bienestar. Si notas que tu perro está orinando con más frecuencia y bebiendo más agua de lo normal, puede ser un signo de insuficiencia renal. Es importante que consultes a tu veterinario, ya que estos síntomas también pueden estar relacionados con otras condiciones médicas graves.

La incontinencia también puede ser un problema común en los perros mayores, debido a trastornos musculoesqueléticos o deficiencias hormonales, así como a la pérdida de control sobre los músculos del esfínter. También puede estar relacionada con la pérdida de memoria y la degeneración del comportamiento aprendido.

El estreñimiento también es frecuente en los perros mayores, debido a que beben menos agua y pueden tener heces duras. Otras causas incluyen la falta de actividad física, la función intestinal reducida o otras condiciones médicas. Una dieta alta en fibra y alimentos mezclados con agua pueden ayudar. Si tu perro mayor tiene diarrea crónica, es importante que consultes a tu veterinario, ya que esto podría ser un signo de enfermedad.

Si notas secreciones inusuales, como pus o sangre con mal olor, es importante que consultes a tu veterinario. Además, los cambios de peso, la fiebre, la taquicardia o el aumento de la frecuencia respiratoria pueden ser signos de problemas médicos graves. En estos casos, es importante llevar a tu perro al veterinario para recibir tratamiento.

En cuanto a la dieta de tu perro mayor, es importante que le proporciones alimentos diseñados para satisfacer sus necesidades calóricas, ya que los perros mayores son menos activos y necesitan menos calorías que los perros más jóvenes.

Si tu perro tiene problemas de insuficiencia renal o hepática, necesitará una dieta especial que se adapte a sus necesidades nutricionales. Consulta con tu veterinario para saber qué tipo de alimento es el más adecuado para tu perro. Además, los perros mayores pueden necesitar más minerales y vitaminas para mantener su salud y bienestar.

Es importante recordar que la dieta de los perros mayores debe ser cuidadosamente monitoreada para asegurar que estén recibiendo los nutrientes adecuados para su edad y necesidades individuales. Además, los perros mayores pueden tener dificultades para masticar alimentos secos y duros, por lo que se recomienda una dieta húmeda o suave.

Además de una dieta adecuada, los perros mayores también pueden beneficiarse de suplementos nutricionales para mantener su salud y bienestar general. Los suplementos pueden incluir vitaminas y minerales adicionales, ácidos grasos esenciales para mantener la piel y el pelaje saludables, y glucosamina y condroitina para ayudar a mantener las articulaciones y huesos fuertes.

Es importante tener en cuenta que los perros mayores pueden experimentar cambios en su comportamiento y personalidad debido al envejecimiento, por lo que se debe prestar atención a cualquier signo de dolor, estrés o ansiedad. Se deben proporcionar comodidades adicionales como almohadillas cómodas para dormir y acceso fácil a las áreas de la casa para evitar lesiones, los perros mayores necesitan una atención y cuidados especiales para mantener su salud y bienestar. Una dieta adecuada, actividad física y visitas regulares al veterinario pueden ayudar a prevenir problemas de salud y mantener a su perro feliz y saludable en sus años dorados.

A medida que los perros envejecen, pueden requerir tratamientos médicos adicionales para mantener su salud y bienestar. Uno de estos tratamientos puede ser la administración de inyecciones, lo cual puede ser un proceso estresante tanto para el perro como para su dueño. Es importante estar al lado de tu perro en el momento de inyectarlo, especialmente si es mayor, ya que esto puede ayudar a reducir su estrés y aumentar su comodidad.

En primer lugar, estar presente durante la administración de inyecciones puede ayudar a tranquilizar a tu perro y hacer que se sienta seguro. Los perros mayores pueden estar menos familiarizados con los procedimientos médicos y pueden sentirse incómodos o ansiosos durante el proceso de inyección. Al estar al lado de tu perro, puedes proporcionar apoyo emocional y asegurarte de que se sienta tranquilo y en un ambiente seguro.

En segundo lugar, estar presente también puede permitirte identificar rápidamente cualquier problema o reacción negativa que pueda surgir durante el proceso de inyección. Si tu perro comienza a mostrar signos de incomodidad o dolor, es importante que puedas notificar a tu veterinario de inmediato para que puedan tomar medidas para garantizar su seguridad y bienestar.

Estar presente durante la administración de inyecciones a perros mayores es una forma importante de proporcionar apoyo emocional y garantizar su seguridad y comodidad durante un momento potencialmente estresante. Asegúrate de hablar con tu veterinario sobre cualquier inquietud o pregunta que puedas tener sobre el proceso de inyección, y siempre brinda a tu perro la atención y el cuidado que necesita para mantener su salud y bienestar en su vejez.

La difícil decisión de inyectar a nuestro perro cuando esta muy enfermo:

La eutanasia de un perro es una decisión difícil y dolorosa para cualquier dueño, pero a veces puede ser la opción más compasiva y humana para poner fin al sufrimiento de un animal querido. La decisión de optar por la eutanasia a menudo surge en el contexto de enfermedades graves o lesiones que causan dolor y sufrimiento en el perro, y puede ser una forma de proporcionar una muerte pacífica y sin dolor.

En primer lugar, es importante recordar que la eutanasia es un proceso médico complejo que requiere la intervención de un veterinario capacitado.

El veterinario será responsable de proporcionar la inyección que acabará con la vida del perro de manera rápida y sin dolor. Es importante buscar un veterinario de confianza que pueda responder a cualquier pregunta o inquietud que tengas sobre el proceso y brindar el apoyo emocional que necesitas.

En segundo lugar, es importante que los dueños comprendan las opciones disponibles para el manejo del cuerpo de su perro después de la eutanasia. Algunos dueños pueden optar por enterrar a su perro en su propiedad, mientras que otros pueden elegir la cremación o la disposición a través de su veterinario. Asegúrate de preguntarle a tu veterinario sobre las opciones disponibles y los costos asociados para que puedas tomar una decisión informada que se adapte a tus necesidades y presupuesto.

La eutanasia de un perro es una decisión personal y difícil que debe ser tomada con cuidado y consideración. Si bien puede ser difícil de aceptar, a veces es la mejor opción para garantizar que tu perro no sufra más dolor y disfrute de una muerte pacífica. Asegúrate de buscar la guía y el apoyo de un veterinario confiable y de tomar el tiempo para considerar las opciones disponibles para el manejo del cuerpo de tu perro después de la eutanasia.

Cuando llega el momento de tomar la difícil decisión de decir adiós a tu amigo peludo, es importante que no lo abandones en su momento de necesidad. Como alguien que ha pasado por este proceso, te recomiendo encarecidamente que estés presente hasta el final.

Algunos veterinarios pueden sugerir que te despidas antes de la inyección, pero estar a su lado y hacerle sentir tu amor y presencia mientras cierra los ojos puede ser reconfortante para ambos.

Es natural sentirse estresado y aterrado durante la eutanasia, tanto para ti como para tu perro. Tu presencia puede proporcionar una sensación de seguridad y comodidad a tu amigo peludo mientras se prepara para partir. Al estar allí, puedes asegurarte de que se sienta amado y cuidado en sus últimos momentos, proporcionando una experiencia de despedida más amorosa y respetuosa.

Aunque la eutanasia es una decisión difícil, es importante que tomes el tiempo necesario para considerar todas las opciones y hablar con tu veterinario sobre cualquier inquietud o pregunta que puedas tener. Una vez que hayas tomado la decisión, asegúrate de estar presente y brindar el amor y el apoyo que tu amigo peludo merece. Al estar presente y despedirte de él en tus propios términos, puedes encontrar la paz y la comodidad que necesitas para superar esta dolorosa experiencia.

Quiero agradecerte por haberme acompañado en este viaje a través del mundo de los perros. Espero que hayas encontrado este libro informativo, entretenido y útil en tu relación con tu amigo peludo.

Como amante de los perros, he querido compartir mi experiencia y conocimientos para ayudarte a entender mejor a estos maravillosos animales y cómo cuidarlos adecuadamente.

He cubierto muchos temas, desde la elección de la raza adecuada hasta la nutrición y el entrenamiento, pasando por la salud y el bienestar de tu perro. Espero que hayas aprendido algo nuevo y que hayas disfrutado explorando el mundo de los perros conmigo. Pero, sobre todo, espero que hayas encontrado inspiración para ser un mejor dueño y compañero para tu amigo peludo.

De nuevo, muchas gracias por leer este libro. Te deseo todo lo mejor en tu relación con tu perro y en todas tus aventuras juntos. ¡Que la amistad entre los perros y los humanos perdure por siempre!

Quiero tomarme un momento para agradecerte por leer mi libro **PSICOLOGÍA EL PERRO**. Espero que hayas disfrutado de la lectura y que hayas aprendido algo nuevo sobre estos maravillosos animales. Como autor, nada me hace más feliz que saber que mi trabajo ha sido útil y entretenido para mis lectores.

Si te ha gustado el libro y tienes un momento libre, te agradecería muchísimo si pudieras ir A dejar tu opinión sobre el mismo. Tu retroalimentación es muy valiosa para mí, ya que me ayuda a entender qué aspectos de mi trabajo son útiles y qué puedo mejorar para futuros proyectos. Además, tu opinión puede ser útil para otros lectores que están buscando una buena guía sobre cómo cuidar a sus amigos peludos.

De nuevo, muchas gracias por leer mi libro y por considerar dejar tu opinión. Espero que tengas un día maravilloso y que disfrutes de muchas aventuras más con tu perro. ¡**Gracias!**